요정 개, 올빼미 머리 그리고 나

요정 개, 올빼미 머리 그리고 나

M. T. 앤더슨 장편동화

쥰 이 우 그림 | 송섬별 옮김

책읽는곰

ELF DOG AND OWL HEAD

Text Copyright © 2023 by M.T. Anderson
Illustrations Copyright © 2023 by Junyi Wu
Korean Translation Copyright © 2024 by Bear Books Inc.

Korean edition is published by arrangement with McCormick Literary and
Walker Books Limited through Duran Kim Agency.

This title won the 2024 Newbery Honor Medal for the English edition
published by Candlewick Press in 2023.

산아래 왕국을 탈출한
라루(LaRue)에게

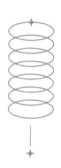

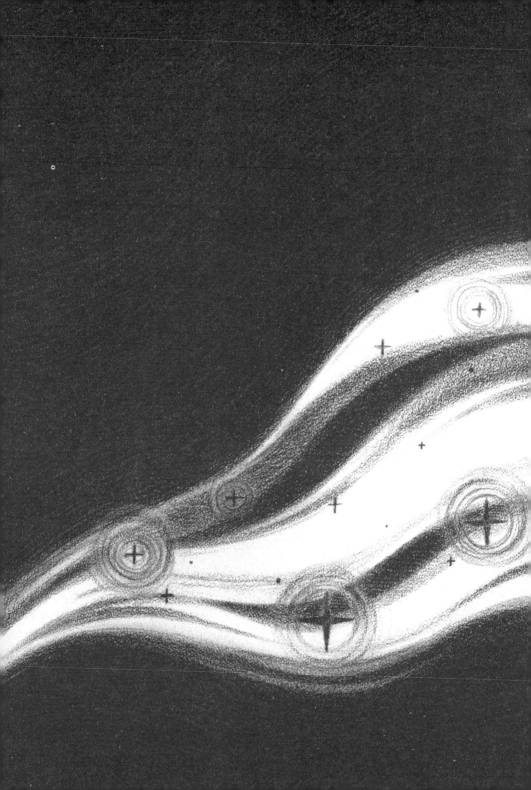

1장

그날은 월요일이었다. 그래서 모두 돌처럼 굳어 버린 숲으로 몰려
가 용을 닮은 괴물인 웜 사냥에 나섰다. '산아래 왕국'의 여왕은 월요
일마다 사냥을 떠났다. 엘프하운드 사냥개 한 무리가 컹컹 울부짖으
며 돌이 된 나무들을 껑충껑충 뛰어넘었다. 사냥개들은 숲속으로 물
결처럼 쏟아졌다. 공작들과 공작 부인들, 귀하신 신사 숙녀들, 하인들
과 마법사들이 말을 타고 뒤따랐다. 사냥꾼들은 크고 구불구불한 뿔
피리를 불었다.

사냥대가 쫓는 건 늙고 지혜로운 웜이었다. 웜은 바위 위로, 쓰러
져 쇳덩어리가 된 나무 아래로 스르르 나아갔다. 그러면서 아직 엘프
하운드 무리가 따라오는지 뒤돌아 확인했다. 사냥개들은 몇 번이나
웜의 냄새를 놓치는 바람에 걸음을 멈췄다. 개들은 동굴 속에서 코를
킁킁거렸다. 그때, 웜의 꼬리를 언뜻 본 사냥개 한 마리가 경고하는

의미로 짖으며 괴물에게 달려들었다. 사냥개 무리가 모두 뒤따랐다.

단 한 마리만 빼고 모두. 남은 한 마리는 예리하고 반짝이는 눈을 가진, 날씬하고 우아한 어린 엘프하운드였다. 그 개는 제자리에 가만히 서서, 다른 개들이 앞으로 달려 나가는 모습을 지켜보았다. 그런데 옆으로 멀리 비켜 난 곳, 가지를 마구 뻗은 대리석 떡갈나무 언덕 위에서 무언가 움직이는 것이 개의 시선을 사로잡았다. 지금 모두가 쫓고 있는 웜의 새끼, 꿈틀거리는 어린 웜들이었다. 어미 웜은 새끼들이 탈출할 틈을 만들어 주려 일부러 사냥개 무리를 먼 곳으로 몬 것이다. 개는 갓 태어난 웜들이 아무도 모르게 도망치는 모습을 바라보았다.

그때, 개 뒤로 말을 탄 귀족들이 나타났다. 도망치는 새끼 웜들 쪽으로 왕실 사냥대를 이끈다면, 귀족들은 개에게 상을 내릴 것이다.

"이 개는 왜 이러는 거지? 가만히 서 있기만 하잖아."

기사 하나가 물었다.

"늘 딴생각을 하지만 않았어도, 이 녀석은 최고의 사냥개가 됐을 겁니다."

사냥 대장이 말했다.

"그럼 억지로라도 움직이게 해! 무리랑 같이 가게 해야지."

공작이 말했다.

"가라, 이 녀석아!"

사냥 대장이 고함을 지르며 부츠 신은 발로 개에게 발길질했다. 자신이 대장이라는 걸 잊지 말라는 듯이.

우아한 엘프하운드는 차가운 눈으로 사냥 대장을 바라보았다. 사냥 대장은 방금 개가 본 것을 알 자격이 없었다. 개는 슬쩍 웃으며 무리 쪽으로 발길을 옮겼다. 반투명한 새끼 웜들이 언덕을 꿈틀꿈틀 올라 도망치는 걸 못 본 척, 있는 힘껏 짖었다. 마치 사냥대를 소중한 새끼들에게서 멀찍이 떼어 놓으려는 어미 웜의 계획을 전혀 알아차리지 못한 것처럼.

엘프하운드는 거대한 버섯이며 층층이 자라는 작은 버섯들을 훌쩍 뛰어넘어 무리에게 다가갔다. 무리에서 뒤처진 개들을 순식간에 앞질렀다.

산아래 왕국 사람들은 돌처럼 변한 숲에 웜이며 바실리스크를 비롯한 굶주린 야수들이 살도록 내버려두었다. 땅 위로 올라가는 위험을 감수하지 않고도 사냥을 즐기기 위해서였다. 동굴 밖, 산 위의 숲은 더 울창하고 드넓었지만 때때로 인간들이 떠돌았기 때문이다.

보통 엘프하운드들은 오로지 5제곱킬로미터 크기의 동굴 안에서 그들의 주인이 사냥을 즐기려고 일부러 기른 괴물들만 쫓을 수 있었다. 하지만 나이 든 파란 웜이 사냥개들을 익숙한 굴길과 동굴 바깥으로 끌어냈다. 개들도 웜이 자신들을 땅 위로 이끌고 있다는 사실을 알 수 있었다.

"늙은 놈이 똑똑하군. 녀석이 동굴 밖으로 나가게 돼야 하려나, 아니면 저 녀석을 따라 나가야 하려나. 차라리 입구를 꽉 닫으라고 명령을 내리는 게 낫나? 어떻게 해야 좋을까?"

공작 하나가 말했다. 그러자 눈을 찌푸린 채 룬 문자가 빽빽이 쓰인 외알 안경으로 웜을 좇던 백작이 대답했다.

"사냥하기 좋은 날씨니, 위로 올라갑시다. 위에서 잡도록 하지요. 바깥 풍경을 보여 주는 게 사냥개들한테도 좋을 겁니다. 마법사들도 있지 않습니까. 마법사들이 우리를 인간들로부터 숨겨 주겠지요."

그렇게 해서 사냥개 무리는 뒤쪽에서 울려 퍼지는 웅장한 뿔 나팔 소리에 맞춰 돌로 변한 숲을, 동굴을 나서는 길을 올라 찬란한 햇빛이 가득한 땅 위 숲으로 나왔다.

나이 많은 웜은 기뻐하며 숲속으로 빠르게 들어갔다. 결국 새끼들을 구했다. 게다가 자신 또한 새롭고 찬란한 세계로 탈출할 수 있게 되었다. 이제는 개들을 조금 더 먼 곳까지 끌어낸 뒤 스르르 벗어나면 될 터였다.

바깥은 봄이었고, 숲은 이제 막 푸릇푸릇해지고 있었다. 새파란 하늘에 뜬 해가 기사와 귀족들이 걸친 빨간 사냥용 재킷과 검, 삼지창에 박힌 보석을 반짝반짝 비췄다.

사냥대 양옆으로 마법사들이 말을 타고 달렸다. 마법사들이 마법 기계의 손잡이를 돌리자 연기가 풀풀 피어올랐다. 산아래 왕국 사람들은 인간 세계의 절반에만 걸쳐 살아갔다. 마치 한 다리를 다른 시간대, 또는 보이지 않는 공간에 걸쳐 둔 것처럼 말이다. 길을 잃고 숲속을 헤매던 인간과 뜻하지 않게 마주치더라도 마법사들의 연기가 모습을 감춰 줄 터였다.

사냥개들은 흥분해서 난리였다. 개들이 산아래 동굴 속 궁전이나 공원이 아닌 바깥 세계로 나오는 일은 거의 없기 때문이다. 어떤 개들은 밝은 빛에 겁먹었다. 자신들을 보호해 줄 돌벽이 없어서 안절부절 못하는 개도 있었다. 그래서 개들은 도망치는 웜을 쫓아 앞으로 달려나가는 일에만 집중했다.

하지만 예리한 눈을 가진 어린 엘프하운드는 세상을 더 구경하고 싶었다. 눈앞에 펼쳐진 모든 광경이 신기하기만 했다. 엘프하운드는 숲을 탐색하며 비밀을 파헤치는 훈련을 받았다. 그래서 땅 위, 한 번도 본 적 없는 색깔들을 보여 주는 이 반짝이는 숲을 샅샅이 탐험하고 싶었다.

어린 엘프하운드의 삼촌인 그레이킨이 웜의 꼬리에 바짝 따라붙었다. 그레이킨은 개들의 대장으로 아주 귀한 엘프하운드였다. 웜이 머리를 쳐들고 꼬리를 휘둘렀지만 그레이킨은 잽싸게 피했다.

이제 개들은 웜을 사방에서 둘러싸고 있었다. 개들은 웜이 자기 새끼들을 지키려던 것을 몰랐다. 개들이 아는 것은 자신이 주인의 즐거움을 위해 이 웜 같은 괴물들을 죽이도록 훈련받았다는 것뿐이었다. 다들 미친 듯이 짖어 댔다.

어리고 우아한, 그 엘프하운드만 빼고. 엘프하운드는 태어나서 처음 보는 무언가를 발견했다. 시멘트 벽돌로 지은 주유소 건물의 뒤편이었다. 숲은 주유소 쪽으로 곧장 이어졌다.

어린 엘프하운드는 삼촌 크레이킨과 눈이 마주쳤다.

'뭐 하는 거냐? 짖고, 고함치지 않고. 어서 저 비늘투성이 괴물에게 달려들어 갈기갈기 찢을 준비를 해야지.'

웜은 궁지에 몰렸다. 웜의 뒤에는 도로가 있었다. 고속 도로였다. 인간들은 창밖에서 피 튀기는 엄청난 싸움이 이제 막 시작되리라는 사실은 까맣게 모른 채, 자동차를 타고 지나갔다.

웜을 둘러싼 개들이 서서히 거리를 좁혔다. 개들 중 몇 마리는 웜과 싸우다가 죽을 것 같았지만, 산아래 왕국 사람들은 딱히 신경 쓰지 않았다. 산아래 왕국에는 개가 엄청나게 많으니까.

사냥개 무리가 으르렁거리며 한 발 한 발 웜에게 다가갔다. 웜이 발톱 달린 앞발을 휘두르며 이를 드러냈다.

개들은 근육이 꿈틀거렸다. 웜에게 덤벼들기 일보 직전이었다.

사냥꾼이 뿔 나팔을 불었다. 죽이라는 신호였다.

바로 그 순간, 웜이 홱 뒤돌더니 도로를 가로질러 돌진했다. 기다란 푸른 몸을 꿈틀대며 빠르게 달리는 자동차 사이를 미끄러지듯이 빠져나갔다.

깜짝 놀란 개들은 입을 쩍 벌린 채 가만히 서 있을 수밖에 없었다. 몇 마리는 뒤늦게 생각난 듯 짖기도 했다.

개들의 눈앞에서 웜이 쾅 소리를 내며 승합차 지붕 위로 올라갔다. 그러더니 반대편으로 뛰어내려, 건너편 숲속으로 안전하게 들어가 버렸다.

승합차가 급히 방향을 틀었다. 운전하던 사람도 분명히 쾅 소리를 들었을 테고, 어쩌면 번들거리는 푸른 비늘까지 언뜻 보았을지도 모른다. 경적이 시끄럽게 울려 퍼졌다.

공작들도, 공작 부인들도, 기사들도, 귀족 숙녀들도 모조리 화가 났다. 진기한 싸움을 구경할 셈이었는데, 웜은 도망쳐 버린 데다가 사냥개들은 인간이 탄 자동차 물결을 헤치고 웜을 따라갈 수 없었다.

그날의 사냥은 이렇게 막을 내렸다. 공작이 사냥꾼에게 신호를 보내자, 사냥꾼이 이만 돌아가자는 의미로 뿔 나팔을 불었다. 성이 나 투덜거리던 산아래 왕국 사람들은 타고 있던 말을 느릿느릿 돌려세우더니 동굴 입구로 되돌아갔다.

개들은 붐비는 고속 도로 건너편 웜을 향해 아직도 짖어 대고 있었다. 트럭에 타고 있던 치와와 한 마리도 발끈해서 마주 짖었다. 그러나 그 소리를 들은 이는 아무도 없었다.

또다시 사냥 나팔이 울렸다. 고속 도로에서는 자동차 경적이 울려 퍼졌다. 사냥개들은 이제 돌아갈 시간이라는 걸 알았다. 그래서 한 마리 한 마리, 꼬리를 내리고 주인에게로 총총 달려갔다.

숲을 가득 메웠던 신비로운 안개가 걷히며 서서히 희미해졌다. 곧 봄바람이 불어 안개가 완전히 사라져 버렸다. 마치 사냥 같은 건 처음부터 벌어진 적 없는 듯한 풍경이 되었다.

하지만 개 한 마리가 뒤에 남았다. 예리한 눈을 가진, 어리고 우아한 엘프하운드였다. 엘프하운드는 주유소 주차장 한가운데 서서 자동차들을 자세히 관찰하고 있었다. 전에는 자동차를 한 번도 본 적이

없었다. 차들은 낯선 냄새를 풍겼다. 플라스틱 냄새를 맡는 건 처음이 었고, 가솔린 냄새는 산아래 왕국의 여왕이 하늘 나는 기계를 타고 올라갈 때 맡아 본 게 전부였다. 주유소 문이 딸랑 하고 열렸다. 그러 자 엄청나게 근사한 냄새가 솔솔 풍겼다. 엘프하운드는 땅속 깊은 곳 에 있는 개집에 살면서, 금 그릇에 담긴 먹이를 먹는 데 익숙했다. 하 지만 피자 냄새를 맡은 건 처음이었다. 너무나 귀해서 여왕님의 만찬 에도 나온 적 없는 음식인 게 분명했다.

그때 어린 여자아이 목소리가 들렸다.

"저 개 좀 봐, 너무 예쁘다."

"주인은 어디 갔나?"

여자아이 아빠가 주차장 이곳저곳을 살폈다.

그제야 엘프하운드는 자신이 무리와 멀리 떨어지고 말았다는 걸 알았다. 깜짝 놀라 주변을 두리번거렸다. 얼른 무리를 따라잡을 생각 이었다. 이젠 달려야 했다.

엘프하운드는 주유소와 고속 도로를 뒤로하고 냅다 뛰어 숲으로 들어왔다. 삼나무 숲, 소나무 숲, 단풍나무 숲을 지나쳐 산기슭에 도 착할 때까지 달렸다.

산기슭에 도착하니 벌써 밤이 가까웠다. 엘프하운드는 땅에 코를 대고 킁킁거리며 형제자매들의 냄새를 따라갔다. 왕실 사냥대의 말들 이 남긴 냄새도 찾았다. 사냥대의 흔적은 거대한 절벽까지 이어졌다.

그리고, 거기서 끝났다.

사냥대가 온 입구가 여기가 아니었나? 정확히 이 자리에서, 다들 햇살 아래로 불쑥 나온 것 아니었나?

하지만 시간과 마법과 두 세계 사이의 커튼이 모두 사라진 지금, 입구는 온데간데없었다.

혼자 남겨져 짜증이 난 엘프하운드는 큰 소리로 씩씩거렸다. 코를 킁킁거리며 덤불 속을 돌아다녀 보기도 했다.

다들 사라졌다. 사냥개 무리도, 형제자매도, 부모님도, 고모들도, 삼촌 그레이킨도. 모두 산 아래 깊은 곳으로 사라져 버렸는데, 엘프하운드는 그들을 따라갈 방법이 없었다.

아무 흔적도 없는 절벽을 앞발로 할퀴었다.

태어나서 처음으로, 목구멍 깊은 곳에서 낑낑 소리가 새어 나왔다.

하지만 엘프하운드를 찾으러 올 이는 아무도 없었다.

땅 위 세계에 갇힌 채, 혼자가 되고 말았다.

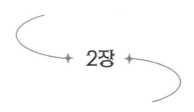

2장

'혼자 하는 원반던지기는 정말 최악이야.'

클레이는 원반을 들고 숲속을 걸으며 생각했다. 혼자였다.

온 나라, 온 세계에 바이러스가 퍼졌다. 웬만한 곳은 전부 문을 닫았다. 심지어 학교마저도 문을 닫았다. 친구들도 집에 놀러 올 수 없었다. 물론 누나나 동생과 놀 수는 있었지만, 그러느니 구덩이에 빠져 죽는 게 낫지. 클레이의 여동생 주니퍼는 잘난 척쟁이였고, 누나 디로시는 컴퓨터를 독차지하고 온종일 전쟁 게임을 했다.

가장 친한 친구 리바이를 못 만난 지도 두 달째였다. 같이 공을 차고 놀 친구도, 만들기를 할 친구도, 원반던지기할 친구도 없었다.

숲속을 걸으면서 클레이는 하늘 위로 곧게 원반을 던져 올리는 게임을 해 봤다. 손목 꺾는 기술을 완벽하게 연마하면 다음에 리바이를 만날 때쯤엔 원반던지기 장인이 되어 있을지도 모른다. 원반이 소나무 꼭대기까지 훌쩍 올라갔다. 햇빛 속에서 잠깐 빙글빙글 돌더니, 균형을 잃고 나선형을 그리며 다시 아래로 내려왔다. 클레이는 바닥에 닿기 전에 원반을 낚아채려고 달려갔다.

원반은 클레이의 머리를 쾅 때렸다. 그러고는 이끼 위로 툭 떨어져 버렸다.

클레이는 원반을 주우려 허리를 굽혔다. 아무도 못 봐서 다행이었다. 원반던지기 장인이 되기 위한 연습은 혼자 하는 게 나을 듯했다.

누가 본 것 같은 기분만 들지 않는다면 말이다.

클레이는 빈터를 둘러보았다. 쳐다보는 시선이 느껴졌다.

등 뒤로 지나쳐 간 푸른 비늘이 번쩍 빛나는 걸 클레이는 까맣게 몰랐다. 날카로운 발톱이 달린 여섯 개의 발이 잔디 위를 달려오는 것도 보지 못했다. 그런데도 클레이는 등 뒤에서 노려보는 커다란 금빛 눈의 존재를 느꼈다.

한 손에 원반을 들고 몸을 반쯤 수그린 채, 클레이는 어두컴컴한 숲을 자세히 살펴보았다. 전나무와 가문비나무 아래로 짙은 그림자가 드리워 있었다. 클레이는 조심스레 한 발짝 뒷걸음쳤다.

클레이는 까맣게 몰랐지만, 뒤에 있던 무언가가 이빨 가득한 입을 벌리고 조심스레 한 발짝 앞으로 걸음을 떼는 중이었다.

느릿느릿, 클레이는 그 존재의 입 쪽으로 똑바로 뒷걸음질했다.

등 뒤에 있던 금빛 두 눈이 느릿하게 깜빡거리더니, 함박웃음을 지었다.

그때 클레이는 눈앞에 있는 숲에서 무언가가 튀어나오는 것을 보았다. 강렬하도록 하얗고 흐릿한 형체가 쏜살같이 달려들며 미친 듯이 짖었다.

개다! 미친 개! 개는 아르렁거리며 클레이에게 똑바로 달려왔다.

'광견병에 걸린 개가 분명해! 물리고 말 거야!'

클레이는 바닥을 살피며 나뭇가지든 돌멩이든 자신을 지킬 만한 게 있을지 찾았다. 아무것도 없었다!

클레이는 자기가 가진 유일한 물건인 원반을 기사의 방패라도 되는 듯이 멍청하게 들어 올렸다. 그러고는 개가 공격해 오기를 기다렸다.

하지만 개는 클레이를 그대로 지나쳐 달려갔다.

클레이는 휙 돌았다. 숲속에서 무언가 꿈틀거리는 게 보였다. 개는 경고의 의미로 짖으며 그 무언가를 쫓고 있었다.

블랙베리 덤불 뒤에서 나는 기척으로 짐작하건대, 뭔지는 몰라도 덩치가 아주 큰 것 같았다.

날씬한 흰 개는 빈터 가장자리에 서서 다리를 뻣뻣하게 펴고 꼬리도 귀도 쫑긋 세운 채 위협하듯이, 명령하듯이 짖어 댔다.

'내 뒤에 곰이 있었나 봐.'

이 숲에는 흑곰이 살았다. 사람을 괴롭히는 곰은 아니었다. 오히려 사람을 무서워했다. 하지만 이 곰은 보통 곰이 아니라 사악한 마음을 가진 곰이었을지도 모른다.

분명 그럴 것이다. 이 개는 방금 사악한 마음을 가진 곰한테서 클

레이를 구해 준 것이리라.

"개야, 고마워."

클레이가 말했다.

그러자 개가 돌아서서 클레이를 쳐다보았다. 하지만 곧 숲으로 눈
길을 돌렸다. 개는 꿰뚫어 보는 것 같은 눈으로 어둠 속을 살폈다. 무
언가 커다란 것이 나무를 타고 올라가기라도 하는지 가문비나무 가
지들이 꿈틀거렸다.

이런 개는 처음이었다. 몸은 그레이하운드, 아니면 휘핏*처럼 날씬
했다. 털은 우유처럼 흰색이었다. 귀는 길고 뾰족했고, 귓속은 빨간색
이었다. 그 점이 제일 이상했다. 뾰족한 빨간 귀라니.

분명 누가 키우는 개일 거다. 목걸이를 하고 있었으니까. 가짜 진주
와 다이아몬드와 루비가 잔뜩 달린, 너무 요란해서 꼴사나운 목걸이
였다.

"곰이 아직 근처에 있어?"

클레이는 개 옆으로 다가가서 물었다.

"날 지켜 주려는 거지?"

클레이는 개도 대답할 수 있다는 듯이 말해 주는 게 예의라고 생각
했다.

●   그레이하운드는 몸이 길고 가늘며 털은 짧고 매끈한 개로, 눈이 밝고 달리기가 빠르다. 휘핏
    은 그레이하운드와 외형이 비슷하고 크기는 더 작다.

개는 경계심을 가득 품고 바르르 떨었다.

"넌 참 착한······."

클레이가 몸을 숙여 개를 살펴보았다.

"착한 여자애구나."

그러자 개는 몸을 돌리더니 클레이의 눈을 똑바로 보며 눈을 딱 한 번 감았다 떴다. 마치 이렇게 말하는 것처럼.

'당연하지.'

클레이는 그렇게 엘프하운드를 만났다.

개는 한참이나 숲속을 바라보았다. 그 뒤에는 지나간 짐승의 체취를 찾으려는 듯 검은 코를 실룩거리며 공기 냄새를 맡았다.

"너 원반던지기하는 법 알아?"

클레이가 개에게 물었다. 그다음에는 금방이라도 던질 기세로 원반 든 손을 까딱해 보였다. 개가 기대에 차서 뛰기 시작한다면 할 줄 안다는 뜻일 테지. 하지만 개는 그 자리에 꼼짝도 하지 않고 서서 클레이를 쳐다보기만 했다.

그래서 이번에는 고함을 질러 보았다.

"물어 와!"

그러면서 원반을 던졌다. 원반은 공터 저쪽으로 날아가더니 소나무에 부딪쳐 흙 위에 툭 떨어졌다. 개는 큰 관심은 없다는 표정으로 그 모습을 지켜보았다.

"아니야, 네가 도로 가져오는 놀이라고. 물어 와, 물어 와!"

개는 외국어를 해독하려 애쓰는 여왕처럼 클레이를 바라보았다.

결국 클레이는 터덜터덜 걸어가 원반을 집어 들며 투덜거렸다.

"바보 개."

개의 머리 위로 원반을 던졌다. 원반은 멋지게 날아갔다. 개는 원반이 자기 위를 쓱 지나쳐 블랙베리 덤불에 착지하기까지 모든 과정을 평온하게 지켜보았다.

클레이는 눈을 굴렸다. 블랙베리 덤불 속을 기어다니면 뾰족한 가지에 찔려 아플 텐데. 클레이는 고개를 젓고 끙 소리를 냈다.

다음 순간, 클레이는 눈을 깜빡였다. 어느새 개가 입에 원반을 물고 옆에 와 있어서였다. 움직이는 모습조차 못 봤는데. 개는 이끼 위에 얌전히 앉아 선물이라도 주듯이 클레이에게 원반을 내밀었다.

클레이는 원반을 받아 들었다. 대체 어떻게 한 거람? 꼭, 투명 개가 되어서 뛰어가기라도 한 것 같았다.

클레이는 한 번 더 원반을 던졌다. 방금 부린 재주를 다시 보여 줄지 궁금했던 것이다.

엘프하운드는 이 인간 남자아이 때문에 약간 혼란스러웠다. 이 녀석이 산아래 왕국 사람 중 하나가 아니라는 건 알았다. 생김새는 비슷했지만, 귀가 조금도 뾰족하지 않았다. 착한 아이 같았지만 웃기게 생긴 조그만 방패를 제대로 들고 있지조차 못했다. 설마 방패를 온 숲속에 떨어뜨리고, 나무 위로 집어 던지면서 내가 주워다 주기를 바라는 건가? 어쩌면 그만한 가치가 있는 물건일지도 모른다. 귀한 물질로 만든 것인지, 색깔은 옥처럼 은은하면서도 뼈처럼 단단하고 동시에 종이처럼 가벼웠으며, 처음 만난 인간 세상과 그 안에 담긴 기적의 냄새가 났다.

클레이와 개는 한동안 원반던지기 놀이를 했다. 아까 같은 이상한 일이 몇 번이나 일어났다. 원반을 멀리 날려 보내면, 개가 달리는 모습은 보이지 않고 갑자기 클레이 바로 옆에 나타나 원반을 발치에 내려놓았다.

그래서 이번에는 일부러 나무 위로 던져 보았다. 원반은 소나무 가지에 부딪히더니 아래로 떨어져, 3미터 높이는 됨직한 가지들 사이에 끼어 버렸다.

클레이는 개에게서 눈을 떼지 않았다. 개가 사라지는 장면을 보고 싶었다.

그러자 개는 바닥에 궁둥이를 대고 앉은 채로 빤히 마주 보았다.

"자, 재주 부려 봐."

클레이가 말했다. 개는 눈도 깜빡이지 않고 클레이를 쳐다보았다.

"마술을 써서 가져와 보라니까!"

그 말에 개는 꼬리를 흔들기는 했지만, 아주 살짝만이었다.

둘은 한참이나 눈싸움을 벌였다. 결국 클레이가 원반을 꺼내 오려고 나무를 올랐다. 가지를 타고 기어오르는데, 밑에서 개가 짧고 날카롭게 짖었다.

"어어, 잠깐만."

클레이는 팔을 쭉 뻗어 올렸다. 원반 테두리를 찾아 뾰족한 소나무 잎들을 더듬었다.

개가 또 한 번 짖었다. 내려다보니 원반은 개 앞에 놓여 있었다.

"너 진짜 멋지다."

클레이가 감탄하자 개는 클레이를 올려다보았다.

'맞아. 우리 둘 다 이미 아는 사실이잖아.'

이렇게 말하는 것 같았다.

집에 갈 시간이 되었다. 클레이는 개에게 잘 있으라고 인사한 뒤 숲에서 나오는 오솔길을 걷기 시작했다. 개가 졸졸 따라왔다.

"주인이 엄청나게 화낼 거야. 집에 가, 네 집에 가라고!"

그러자 개는 깜짝 놀란 눈으로 클레이를 쳐다보았다. 약간 상처받은 것처럼 보이기도 했다.

"집에 가!"

클레이는 허공에 손가락을 딱 튕기며 명령했다.

개는 꼼짝도 하지 않고 가만히 앉아 있었다.

"미안해."

클레이가 손을 뻗어 개의 머리를 쓰다듬으려 했다. 개는 고개를 숙여 그 손길을 피했다. 낯선 사람의 손이 닿는 게 싫어서였다.

"다음에 또 만나자. 곰을 물리쳐 줘서 고마워."

클레이는 오솔길에 앉아 있는 개를 그대로 두고 발을 뗐다. 숲을 통과해 걸었다. 사방에 있는 나무들 사이에 비닐 노끈이 둘러쳐져 있었다. 이웃인 루피첵 가족이 단풍나무 수액을 추출하는 곳을 표시해 둔 것이다.

그때 문득 오솔길 앞에서 클레이 쪽으로 몸을 돌리고 있는 개가 보였다. 어떻게 된 일인지, 클레이가 못 본 사이에 앞지른 모양이었다. 클레이를 본 개는 걸음을 멈추더니 그래도 괜찮냐는 듯 표정을 살폈다. 그러고는 클레이보다 앞서 오솔길을 내달리기 시작했다.

"너, 꼭 정찰견 같다."

클레이는 개가 무척 멋지다고 생각했다.

갈림길이 나타나자, 개는 클레이가 어느 길로 갈지 알려 줄 때까지 기다렸다. 클레이가 자기 집 쪽을 손으로 가리켰고, 개는 나무등치들을 뛰어넘으며 그리 달렸다.

집이 가까워질수록 클레이는 걸음을 늦췄다. 집에 돌아갈 마음이 영 들지 않았다. 전염병이 퍼지면서 온 가족이 몇 달째 집에서만 시간을 보내고 있었다. 아빠는 일하러 갔다. 이 동네 도로 관리자인 아빠는 눈을 치우고, 흙길을 다지고, 비가 오면 길이 진창이 되어 진흙이 강으로 흘러가지 않도록 막아야 했다. 엄마는 게렌포드 다이너라는 식당의 종업원이었는데, 식당이 문을 닫는 바람에 일자리를 잃고 말았다. 병이 퍼지면서 더는 손님이 오지 않아서였다. 그 바람에 클레이는 거의 매일 누나, 여동생, 엄마와 집에서 시간을 보냈다. 엄마는 자꾸 학교 공부만 시켰다. 세 아이는 컴퓨터 하나를 같이 썼는데, 애초에 컴퓨터를 사이좋게 나눠 쓴다는 건 불가능한 일이었다. 여동생 주니퍼는 머리가 동그란 사람들이 손을 휘젓고 흔들어 대는 유치한 만화 영화만 보고 싶어 하고, 누나 디로시는 컴퓨터로 수업을 천 시간은 들어야 하는 데다가 그 뒤에는 친구들과 좀비 게임을 하고 싶어 했다. 클레이가 컴퓨터로 숙제를 하거나 친구들과 이야기할 시간은 영영 오지 않았다.

게다가 두 사람은 밤늦게까지 클레이를 성가시게 했다. 클레이는 주니퍼 그리고 주니퍼의 엄청나게 많은 동물 인형과 한방을 썼다. 그 애는 모든 걸 깔끔하고 단정하게 정리해야 직성이 풀렸다. 두 살이나 어린데도 클레이더러 지저분하다며 청소하라고 잔소리를 일삼았다. 클레이는 지저분하지 않았다. 그저 방에 둔 물건이 자기가 놔둔 그 자리에 있길 바랄 뿐이다. 그게 정당하다고 생각했다.

바이러스가 퍼지기 시작한 뒤로 세 아이는 서로가 지긋지긋해졌다.

클레이는 집으로 가는 언덕을 달려 내려갔다. 개는 벌써 헛간 주변을 탐색하며 냄새를 킁킁 맡고 있었다.

"자, 이제 됐어. 난 학교 숙제 하러 갈게. 안녕!"

클레이는 개에게 그렇게 말한 뒤 집으로 들어갔다.

엄마가 물었다.

"숲에서 잘 놀았니?"

"재미없었어요. 친구라고는 아무도 없었는걸요. 게다가 곰한테 습격까지 당했다고요."

클레이의 대답에 엄마는 깜짝 놀랐다.

"곰에게 습격당했다고? 정말이니?"

"네. 저 개가 구해 줬어요."

클레이는 창밖을 내다보았다.

"우아, 엄청 예쁘다."

주니퍼가 말했다.

"그 개 쳐다보지 마. 내가 먼저 발견했거든."

클레이가 대꾸했다.

하지만 엄마는 심각해졌다.

"클레이, 곰한테 습격당했다면 '어류와 야생 동물'에 신고해야 해."

"왜요? 야생 동물은 벌써 다 알 텐데요."

주니퍼가 물었다.

"어류와 야생 동물 '관리국' 이야기란다."

엄마가 대답했다.

클레이는 팔짱을 꼈다. 주니퍼는 늘 똑똑한 척하지만, 알고 보면 아무것도 모른다.

"정말 곰이었니?"

엄마가 다시 한번 물었다.

"곰 비슷했어요."

클레이는 대답했다.

"클레이, '진짜 곰'이었니?"

"네. 저 개가 쫓아 줬어요."

엄마가 핸드폰을 꺼냈다.

"어쩌면 사슴이었을 수도 있어요. 자세히 보지는 못했거든요."

클레이가 덧붙이자, 주니퍼가 비웃었다.

"오빠는 곰이랑 사슴도 구별 못 해?"

"어, 못 해. 여동생이랑 멍청이의 차이도 잘 모르겠고."

"클레이! 얼른 사과해!"

엄마가 야단쳤다.

아이들은 오후 내내 학교 숙제를 했다.

개는 클레이네 마당을 떠나지 않았다. 마치 가족을 지켜 주려는 것처럼 바깥을 보며 현관문 밖에 참을성 있게 앉아 있었다.

일을 마친 아빠가 마을 공용 오렌지색 트럭을 타고 집으로 돌아왔다. 개는 아빠가 집으로 다가오는 모습을 보고, 클레이가 창밖으로 고개를 내밀어 "괜찮아, 우리 아빠야." 할 때까지 짖었다.

온 가족이 개에게 관심을 보였다.

"정말 아름다운 개구나."

아빠가 말했다.

"귓속이 빨개서 이상해요."

디로시가 말했다. 전염병 때문에 모든 게 멈춘 뒤로 디로시는 늘 심술을 부렸다. 온종일 컴퓨터 앞에 앉아 좀비를 날려 버리거나 방에서 자거나 끔찍한 소리를 해 댔다.

"광견병에 걸려서 귀가 빨간 걸 수도 있어요. 우리 모두 자다가 잡아먹힐지도 모른다고요."

엄마가 디로시에게 엄한 표정을 지어 보이더니 말했다.

"개를 잃어버린 사람이 있는지 알아보자. 경찰관한테 연락하고, 동네 게시판도 살펴봐야겠다."

주니퍼가 물었다.

"엄마, 이 개는 무슨 품종이에요? 찾아보고 싶어요. 찾아보면 안 돼요?"

주니퍼는 늘 모든 것의 이름을 알아내고, 모든 것을 정해진 자리에 집어넣고 싶어 했다. 클레이는 그게 너무 짜증스러웠다. 개를 발견한 건 클레이다!

"품종이 무슨 상관이야?"

클레이가 대꾸했다.

"난 이런 개는 처음 봐."

디로시가 말했다.

"좋아, 찾아보자!"

엄마가 말하자, 주니퍼가 엄마 품으로 파고들며 대꾸했다.

"컴퓨터로 찾아봐요."

"일단 '개 품종' 그리고 '빨간 귀'라고 검색해 볼까?"

엄마가 말했다.

"이 개는 아무 품종도 아니거든!"

클레이는 문득 여동생을 한 대 때려 주고 싶었다. 주니퍼가 개의 품종을 알아내는 게 꼭 자기한테서 개를 빼앗아 가는 것처럼 느껴져서 였다.

"오빠가 무슨 품종인지 모른다고 해서, 저 개가 아무 품종도 아닌 건 아니라고."

"난 쟤가 무슨 품종인지 알아. 바로 '마법 개'야."

클레이는 그렇게 대답했지만, 주니퍼는 컴퓨터 화면을 가리켰다.

"이 개랑 비슷하게 생기지 않았어? 저 개도."

"이 개는 휘핏이구나. 저 개는 딩고*고."

엄마가 말했다.

클레이는 더 이상 참을 수 없었다. 클레이의 개는 딩고가 아니다. 클레이가 여동생에게 고함을 질렀다.

"무슨 품종인지 안다고 말했잖아! 쟤는……."

클레이는 잠깐 생각한 뒤 덧붙였다.

"쟤는 '불가리안 엘프하운드'야, 알았어?"

'엘프하운드'라는 단어가 어디서 튀어나온 건지는 알 수 없다. 하지 만 뾰족한 귀가 요정 엘프를 닮았으니 말이 되는 것 같았다. 또 클레 이는 불가리아가 어디 있는지도 모르지만, 가족들이 그곳에 엘프하운 드가 있는지 아닌지 모를 정도로는 먼 곳 같았다.

클레이가 고함치는 바람에 모두 조용해졌다. 그러자 아빠가 당황한

● 오스트레일리아에 사는 들개의 일종.

표정으로 물었다.

"클레이, 괜찮니?"

"쟤는 내 개라고요. 날 곰한테서 구해 줬다고요. 무슨 품종인지도 안단 말이에요."

"쟤는 네 개가 아니야."

엄마가 말했다.

"개를 잃어버린 사람을 찾는다고 우리 동네 '난롯가 게시판'에 글을 올리는 게 좋겠다. 틀림없이 누군가에게 사랑받던 개일 거야."

클레이 가족은 지난 며칠간 '난롯가 게시판'에 올라온 글들을 살펴보았다. 개를 잃어버렸다는 사람은 없었다. 클레이의 엄마가 게시판에 글을 올렸다.

〈개를 발견했어요. 흰색. 귀가 특이함. 오브라이언 가족에게 연락해 주세요.〉

집에는 오래전 고양이를 키울 때 샀던 고양이용 정어리 통조림이 남아 있었다. 엄마는 클레이더러 통조림을 현관으로 가져가서 개에게 먹이라고 했다.

엘프하운드는 통조림 냄새를 맡았지만 먹지는 않았다. 오브라이언 가족은 모르는 사실이지만, 개는 금 접시와 은 접시에 담긴 음식을 먹으며 살아왔다. 깡통에 든 음식을 먹으라고 준다는 사실 자체를 믿을 수 없었다. 하지만 하루 넘게 아무것도 먹지 못한 건 사실이었다.

클레이는 집 안으로 돌아가서 알렸다.

"배고픈 것 같은데 안 먹어요."

개는 조금 더 나은 음식이 나오기를 기다리면서, 이 인간 아이에게 어떻게든 '난 산아래 왕국 사람들이 섬기는 왕실의 엘프하운드라고. 하인들이 커다란 접시에 담아 내오는 밥에 익숙해.'라는 눈빛을 쏘아보냈다.

클레이는 개의 눈을 들여다보았다.

"왜 안 먹는 거야?"

개는 앞발을 들더니 일부러 그러는 것이 분명한 모양새로 깡통을 밀어냈다.

"개가 깡통을 무서워하는 것 같아요. 제가 바닥에 내려놓을 때 큰 소리가 났거든요."

클레이의 엄마는 화난 것 같은 얼굴로 플라스틱 접시를 꺼내 현관 밖으로 나왔다. 클레이 옆으로 손을 뻗어, 정어리 통조림을 집어 들더니 플라스틱 접시에 쏟아부었다.

"이제 됐니?"

엘프하운드는 뼈처럼 단단한 금속으로 된 접시에 담겨 나온 앙증맞은 생선들을 바라보았다. 접시는 용의 혀처럼, 아니면 자신의 고귀한 귀처럼 짙은 빨간색이었다. 그래, 산아래 왕국 사람들이 섬기는 왕실의 엘프하운드에게 '이 정도' 대접은 해야 마땅하지. 이곳 사람들이 자신을 잘 돌본다는 생각이 들었다.

개는 정어리를 한입에 꿀꺽 삼켰다. 너무 배가 고팠다.

그날 저녁에는 오브라이언 가족에게 전화를 건 사람도, 개를 찾는 다고 댓글을 쓴 사람도 없었다.

"제 방에서 자면 안 돼요?"

클레이는 애원했다.

"오빠 방이 아니라 '우리' 방이지."

주니퍼가 말했다.

엘프하운드는 사람들이 자기 잠자리를 두고 말씨름 벌이는 모습을 지켜보았다. 어젯밤 개는 차갑고 딱딱한 바닥에서 잤다. 상관없었다. 흙바닥에서 자는 건 단순하고 기분 좋다. 하지만 평소에는 왕실 우리 속 새틴 쿠션 위에서 자고는 했다. 아침이 되면 하인들이 쿠션에 묻은 털을 떼는 특수한 돌돌이를 가지고 찾아왔다. 머리 위 돌로 된 아치에서는 왕실의 사냥 박쥐가 아주 작은 진홍색 코트와 아주 작은 철제 헬멧으로 단단히 무장한 채 밤새도록 망을 보았다. 오브라이언 가족이 말다툼 벌이는 모습을 보고 있자니, 이 집에는 왕실의 우리가 없다는 사실을 서서히 짐작할 수 있었다. 어쩌면 사냥 박쥐 무리조차 없는지도 몰랐다.

"2층. 2층에서 나랑 같이 자자."

클레이가 말했다.

그러자 주니퍼도 말했다.

"나랑도 같이 자는 거야. 강아지야, 이리 와."

"주니퍼!"

클레이가 낮게 짜증을 냈다.

호기심이 동한 개는 두 아이를 따라 2층으로 올라갔다. 아이들 방에 들어가 이리저리 둘러보았다. 러그와 바닥에 떨어진 클레이의 옷가지 냄새도 맡았다.

클레이는 개가 자기 침대로 팔짝 뛰어올라 옆에서 몸을 둥글게 말고 자기로 마음먹었으면 했다. 하지만 그렇게 해 달라고 말하기에는, 어쩐지 이 개는 자존심이 몹시 강한 여왕 같았다. 결정은 직접 하도록 두어야 했다. 그래서 클레이는 개가 방 안을 탐색하는 동안 차분하게 기다렸다.

그런데 그때 주니퍼가 말했다.

"강아지야, 내 침대로 올라와!"

클레이는 정말 화가 났다.

'쟤는 왜 아무것도 모르지?'

주니퍼는 자기 침대에서 콩콩 뛰며 개를 보챘다.

"이리 오라니까!"

"얘는 자기가 자고 싶은 데서 잘 거라고!"

클레이가 말했다. 하지만 개가 여동생을 선택할지도 모른다고 생각하니 마음이 무너져 내릴 것 같았다.

클레이는 개가 러그 위에 위풍당당하게 서서 침대 두 개를 번갈아 견주어 보는 모습을 초조하게 바라보았다. 이 개는 어쩐지 좀 더 호화로운 침대에 익숙한 게 아닌가 하는 생각까지 들었다. 마법 개니까,

예전엔 커다란 저택에 살았으려나? 클레이는 자신이 개를 실망시킬 것 같았다.

하지만 사실 엘프하운드는 자기가 이렇게 운이 좋다는 걸 믿을 수 없었다. 이 두 인간 아이는 자신이 얼마나 대단한 존재인지를 이해한 게 분명했다. 자신을 다른 개들과 함께 돌로 된 우리에 집어넣지 않았으니까. 태어나서 처음으로, 개는 '사람 곁에서 자도' 좋다는 허락을 받았다. 인간 무리와 함께 자도 된다니!

개는 클레이의 침대 끄트머리로 걸어가서 침대 발치 바닥에 떨어진, 낡은 긴팔 티셔츠 위에 웅크리고 누웠다.

개가 잠들 때까지 클레이는 개에게서 눈을 뗄 수 없었다. 마법 개라니. 내일 얼마나 대단한 모험을 함께하게 될까?

잠든 개의 갈비뼈가 작게 오르락내리락했다.

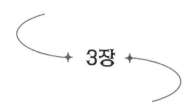

3장

엘프하운드는 산 아래 동굴에서 촉수투성이 셔글룸과 사악한 그루를 쫓아 달리는 꿈을 꾸었다. 뒤로는 멀리 사냥대의 뿔피리와 나팔 소리가 보석 빛으로 환한 동굴을 가득 울리는 가운데, 개 무리와 함께 내달리는 꿈이었다.

잠에서 깨자, 개는 낯선 곳에 있다는 사실에 잠깐이지만 충격을 받았다. 곧바로 형제들과 자매들, 삼촌들과 사촌들이 그리워졌다. 다들 곁에서 몸을 둥글게 말고 자고 있어야 마땅했다. 나이 많은 개들은 이미 깨어나서 돌아다니며 서로 코를 맞대고 오늘의 사냥을 준비하고 있을 터였다. 혼자라는 건 참 이상한 기분이었다. 엘프하운드는 다른 개들 무리, 태어날 때부터 알던 모든 개와 함께 사는 방법만 알았다. 혼자서는 어떻게 지내야 할지, 어떤 행동을 해야 할지 알지 못했다.

인간 남자애는 아직 자고 있었다. 어린 여자애는 침대를 정리하고 있었다. 그 기척 때문에 개가 잠에서 깬 것이다. 주니퍼는 콧노래를 흥얼거리며 시트를 매트리스 아래에 집어넣었다.

그런데 벽을 타고 뭔가가 꾸르륵거리는 게 느껴졌다. 박자에 맞춰 틱, 틱 하는 소리도 들렸다. 개는 벽으로 가서 냄새를 맡았다. 벽은 뜨거웠다. 개는 벽을 보며 짖기 시작했다. 벽 속에 숨어 있는 게 뭔지는 몰라도, 겁을 줘서 쫓아내야 한다!

"쉿!"

주니퍼가 말하자, 클레이가 눈을 뜨더니 곧장 몸을 일으켰다.

"왜 그래?"

클레이는 엘프하운드가 왜 흥분했는지 알아내려고 침대 밑으로 내려왔다.

개는 전기 난방기를 보며 짖고 있었다. 방금 켜진 난방기에서 틱, 틱, 소리가 났기 때문이다.

"괜찮아. 저건 그냥 난방기야."

클레이가 말했다.

개는 혼자서 소리 내는 벽은 처음 보았다.

클레이가 아침을 먹으러 개를 데리고 1층에 내려갔을 때는 상황이 더욱 나빠졌다. 아빠가 출근 준비를 하며 식기세척기를 켠 것이다. 우르릉 소리에 개는 깜짝 놀랐고, 클레이를 보호해야 할지 아니면 클레이 뒤에 숨어야 할지 몰라 컹컹 짖어 대며 날뛰었다.

"조용히 해, 조용히!"

엄마가 소리쳤다.

"겁이 나서 그런 거잖아요. 얘는 상황을 잘 모른다고요!"

클레이가 말했다.

"맞아요. 겁이 나서 그런 거예요."

주니퍼도 처음으로 도움이 되는 말을 하며 거들었다.

개는 용감하게 굴고 싶었다. 하지만 이 기계에서 나는 꾸르륵, 쉭쉭 소리는 태어나서 처음 들어 보는 종류의 소리였다. 인간 아이들이 이토록 차분하고 자신감 있어서 다행이라는 생각이 들었다.

주니퍼가 개를 쓰다듬어 달래 주려고 손을 뻗었다. 개는 꿈틀하며 피하더니 부엌문 바로 바깥으로 갔다. 그러고는 혹시라도 식기세척기가 쇠로 된 거대한 손을 뻗어 누군가를 잡아챌 때를 대비해 감시하기 시작했다.

"식기세척기를 처음 보나 봐."

주니퍼가 속삭였다.

"그러게. 대체 저 개를 키우던 사람들이 어떤 사람들인지 궁금하다."

클레이가 대답했다.

그날 오전은 클레이가 컴퓨터를 쓸 차례였다. 주니퍼에게는 컴퓨터가 필요 없었고, 디로시는 아직 자고 있었다. 요즘 디로시는 어두운 자기 동굴에서 겨울잠을 자듯이 될 수 있는 한 늦게까지 자려고 했다.

클레이는 제일 친한 친구인 리바이와 영상 통화를 했다.

"리바이, 나 개를 발견했어."

"보여 줘!"

클레이는 노트북 컴퓨터를 움직여 리바이에게 개를 보여 주었다.

"엄청 멋있게 생겼다. 품종이 뭐야?"

"불가리안 엘프하운드야."

클레이가 유식한 척 대답했다.

"키울 거야?"

"안 돼. 다른 집 개거든."

클레이는 그렇게 말한 뒤, 노트북에 몸을 바짝 붙이며 속삭였다.

"리바이, 이 개는 마법 개 같아. 내가 못 보는 사이에 한 곳에서 다른 곳으로 점프할 수 있어."

"정말이야?"

"응. 정말로."

"우아!"

리바이는 부럽다는 듯 끙 소리를 냈다.

"너희 집에 가서 같이 실험해 보면 좋을 텐데."

"내 말이!"

"개는 어디서 찾았어?"

리바이가 물었다.

"숲속에서. 노룸베가산 위로 조금 올라갔더니 나왔어."

클레이가 대답하자, 리바이는 고개를 끄덕였다.

"알 만하다. 우리 할아버지가 그러는데, 그 숲엔 온갖 이상한 것들이 산대."

"너희 할아버지는 온갖 말을 다 하시잖아."

"할아버지 말이 맞다니까? 진짜야!"

리바이가 우겼다.

"그 숲에서 별의별 것들을 본 사람들이 많대. 산꼭대기로 날아가는 불빛이나 이상한 동물 같은 것 말이야. 또, 엄청 옛날 옷을 입은 사람들도 있대. 왜인지 알아? 비밀을 알려 줄까?"

리바이도 화면 가까이 다가와 낮게 속삭였다.

"왜?"

궁금해진 클레이가 물었다.

"세 단어로 설명할 수 있지."

"뭔데?"

"유-에프-오."

"그건 한 단어잖아."

"세 단어를 합쳐서 만든 한 단어야. 원래 이름은 '미확인 비행 물체' 라고."

클레이는 다시 의자 등받이에 등을 기대고는 눈을 굴렸다.

"유에프오 같은 거랑은 상관없어."

"그 애는 외계 강아지야."

"외계 강아지 아니거든!"

"엄마는 골든리트리버, 아빠는 외계에서 온 개인 거야. 실험의 결과

물인 거지."

클레이는 말도 안 되는 소리라고 대답하고 싶었다. 하지만 숲속에서 개가 순간 이동이라도 하듯이 사라졌다 나타난 것을 떠올리자, 그렇게 말이 안 되는 것도 아닌 것 같았다.

"오늘 개를 데리고 산책하러 갈 거야."

클레이가 말했다.

"아아."

리바이는 또다시 앓는 소리를 냈다.

"진짜 부럽다. 나도 따라가면 좋을 텐데."

"내 말이!"

"내 말이!"

"내 말이 네 말이지!"

친구를 화면 속에서만 볼 수 있다는 건 정말 답답한 일이었다.

학교 수업이 끝나자, 클레이는 엄마에게 숲으로 개를 데려가서 집을 찾을 수 있는지 확인해 보겠다고 했다. 엄마는 정원에서 겨울을 나지 못한 식물들을 살피느라 클레이의 말을 건성으로 들었다.

"좋은 생각이구나. 그 녀석이 널 자기 집까지 데려가면 주인을 찾을 수도 있겠다."

클레이가 말한 집은 개의 집이 아니었다. 자기가 사는 집 이야기였다. 개가 숲 한복판에서도 클레이의 집을 찾아올 수 있는지 궁금했다. 사실 클레이는 진작에 개를 돌려 달라는 가족이 나타나지 않기를, 아니면 개가 원래 살던 집으로 가는 길을 잊어버렸기를 바라고 있었다. 옛 주인이 개를 그리워하며 슬퍼하길 바라는 건 아니지만, 한편으로는 클레이도 정말 이 개와 함께 살고 싶었다.

"이제 정원 일을 시작해야겠다."

그러면서 엄마는 고개를 설레설레 저었다. 가시에 다치지 않도록 장미 덩굴 한 줄기를 조심스럽게 집어 올렸다가 그대로 바닥에 떨어뜨렸다.

"날이 조금씩 풀리네. 겨울 동안 텃밭이 엉망이 되었어. 올여름엔 텃밭 채소가 꼭 필요할 텐데 말이야. 식당 일이 어떻게 될지 모르겠구나. 한동안은 일자리가 없을 것 같아. 그러니 식비를 아껴야지."

엄마가 바닥에 쪼그리고 앉아 채소 심은 모판을 쿡쿡 찔렀다.

"마트에 가는 것도 걱정되네. 바이러스 때문에. 웬만하면 꼭 필요할 때만 가는 게 좋겠어."

"초대형 랜치 소스맛 양파 칩을 몇 봉지 사 오면 마트에 자주 가지 않아도 되잖아요?"

클레이의 말에, 엄마는 엄한 표정을 짓더니 말했다.

"숲에서 잘 놀다 와라. 길 잃어버리지 말고."

"엄마가 음식 걱정하는 게 안타까워요."

"고맙다, 애야. 얼른 가서 놀다 오렴. 이건 네가 고민할 문제가 아니잖니."

클레이와 개는 숲으로 뛰어갔다.

둘은 클레이가 아는 길들을 한 시간쯤 돌아다녔다. 오래전 벌목꾼들이 낸 길이라든지, 단풍나무에서 수액을 채취하는 사람들이 다니는 길이었다. 개는 줄곧 클레이보다 5~10미터 앞서 달리며 돌벽에 주둥이를 박거나 나무를 살펴보고, 허공에 코를 킁킁거리며 냄새를 맡았다.

길이 갈라질 때마다 개는 멈춰 서서 뒤돌아보며 클레이가 손가락으로 길을 알려 주기를 기다렸다.

클레이는 이제부터 방향을 알려 주지 않기로 마음먹었다. 그냥 개를 따라가 보기로 했다. 개가 어디로 갈지 궁금했다.

갈림길이 나타났을 때, 클레이는 가만히 있었다.

엘프하운드는 기다렸다. 혼란스러웠다. 길을 알려 주지 않고, 앞장서길 바라는 걸까? 명령을 내리지 않는다면 어디로 가야 하지? 쫓을 짐승도, 뒤에서 고함치는 사냥꾼도 없는데?

"가고 싶은 대로 가 봐. 난 그냥 따라갈게."

클레이가 말했다.

개는 어쩔 줄 몰랐다. 그러나 이 남자애가 아주 오랜 세월 이어져 온 마법의 오솔길이나, 발자취를 따라가는 것 같지 않다는 사실은 눈치챘다. 또, 몇 주 전 남몰래 숲을 돌아다니던 다른 세계의 짐승들이 남긴 체취도 알아채지 못하는 것 같았다. 그러니까 이 애는 까맣게 모르는 게 분명했다. 개는 남자애를 데리고 산비탈을 따라 구불구불 올라가는 요정의 길을 가 보기로 했다.

"하."

몇 분 뒤 클레이가 말했다.

"이 길은 처음이야. 난 이 숲을 속속들이 아는 줄 알았는데 말이야! 너 정말 똑똑하다!"

둘은 너도밤나무와 자작나무 숲을 통과하고, 오래전 사라진 집들의 주춧돌 옆을 지났다. 2백 살이나 된 거대한 흰 소나무 아래로 걸었다.

그러자 들판이 나왔다. 저 멀리 초록색과 파란색 언덕이 보였다.

"우아, 이 들판도 처음이야. 경치가 정말 좋다."

클레이는 그렇게 말하고는 잠깐 동안 개와 나란히 앉았다.

산비탈을 내려다보고, 또 작은 골짜기 너머도 바라보았다. 1.5킬로미터쯤 떨어진 곳, 바람에 굽이치는 나무 사이로 마을 중심지가 보이는 것 같았다. 집의 지붕들도, 교회의 솟아오른 흰 탑도, 초록 잔디밭이며 정원들도 보였다.

여기가 어딜까? 클레이는 머릿속으로 지도를 그려 보려 애썼다. 그건 자신 있었다. 산책하거나 차를 타고 갈 때 아빠와 하는 게임이 있다. 아빠는 차를 세우고 먼 언덕이나 산, 마을을 가리키면서 맞혀 보라고 했다.

"만약 저기가 스프러스 피크라면, 다음엔 뭐가 나올까?"라든지, "우리가 보는 쪽이 북쪽이라면, 저 호수는 무슨 호수일까?" 아니면, "해가 저쪽으로 지는구나. 그럼 저기는 어느 방향이지? 또 저 너머에 있는 마을의 이름은?"

클레이는 게렌퍼드와 인근 마을들을 꽤 잘 알았다. 그런데 이 작은 마을은 머릿속 지도 어디에도 없는 곳이다. 마을은 언덕 기슭에 있었다. 어쩌면 저 언덕이 '올빼미 머리 언덕'일지도 모른다. 하지만 클레이가 알기로 노룸베가산과 올빼미 머리 언덕 사이에는 집이 한 채도 없었다. 아빠가 옆에 있으면 좋았을 텐데. 그랬으면 아빠 핸드폰을 꺼내 GPS 지도로 저 마을의 이름을 알아낼 수 있었을 것이다.

개는 멀리 보이는 마을에는 관심도 없었다. 그저 코를 킁킁대면서 여기저기 들쑤셨다.

"저 마을은 1.5킬로미터 정도 떨어진 곳 같아."

클레이가 말했다.

"여기서부터 저기까지 걸어가 보자."

개는 클레이가 하는 말을 정확히 알아듣지는 못했지만, 다시 움직인다는 것만으로도 좋았다. 쏜살같이 클레이를 앞지르더니 들판을 가로질러 달렸다.

클레이는 오늘 하루가 정말 즐거웠다. 살면서 개와 함께 새로운 장소를 찾아다니는 것만큼 좋은 일은 그리 많지 않으니까.

함께 걷는 동안 클레이는 앞장서서 달리는 개에게 물었다.

"이름이 뭐야? 설마 피피 같은 멍청한 이름을 너한테 지어 줬을 리는 없겠지. 넌 엄청나게 근사한 여왕 같잖아."

클레이는 개에게 어울릴 만한 이름을 생각해 보았다. 그리고 개가 마음에 들어 하는 이름이 있을지 하나하나 불러 보았다.

"웬디! ……모건! ……밸프!"

왕족처럼 위엄이 넘치는 이름은 물론("퀴니? 마제스티? 레이디?"), SF 영화 속 전사 여왕들의 이름도 불러 보았다.("레이아? 앨리타? 제나? 존 트라드?") 같은 반 여학생들 이름이나 심지어 요일도 말해 보았다. 잠깐이나마 개는 '튜즈데이'가 마음에 든 것 같았다. 하지만 알고 보니 개가 관심을 가진 건 덤불 속 꿩이었다.

클레이가 생각한 이름 중 어떤 것도 어울리지 않았다.

20분쯤 걷다 보니 나무들 사이로 집 한 채가 보였다. 큼지막한 굴뚝이 있는 옛날식 농장 집이었다. 아까 본 마을에 도착한 게 틀림없었다. 클레이는 나무 사이를 조심조심 걸어 집으로 다가갔다.

이제 거리가 보였다. 초록 잔디가 있는 교회 그리고 다른 집들, 돌로 만든 낡은 풍차, 다리 아래를 흐르는 강, 연못 위로 드리운 수양버들이 있는 마을이었다.

느닷없이 무언가 잘못됐다는 생각이 들었다. 이 숨겨진 마을에 오면 안 되는 거였다.

'여긴 내가 있을 곳이 아니야.'

마을에 사는 이들을 만나기 전부터 클레이는 그 사실을 깨달았다.

클레이는 얼른 몸을 웅크려 나무 그루터기 뒤에 숨었다.

안타깝게도 그 순간 개는 잔디 위에 있던 고양이를 발견했고, 자리를 박차고 나와 고양이를 쫓아 달려갔다.

'안 돼! 이젠 어쩌지?'

클레이는 그루터기 너머로 고개를 내밀어 다시 주변을 살펴보았다. 개는 농장 집 열린 문 앞에 서서 맹렬하게 짖어 댔다. 고양이가 문으로 쏙 들어가 사라져 버려서였다.

누군가 이 소란을 눈치채고 말 것이다. 뭐라도 해야 했다.

클레이는 채소밭에 둘러친 나무 울타리 뒤로 살금살금 기어갔다. 목소리가 들렸다. 클레이는 콩과 애호박 사이로 요리조리 움직였다.

'이상하다. 엄마가 심은 채소들은 아직 싹도 트지 않았는데, 대체 어떻게……'

그때 별안간 개가 입을 딱 다물었다. 좋지 않은 징조가 분명했다.

겁에 질린 클레이는 채소밭 가장자리까지 살그머니 걸어가 바깥을 내다보았다. 길게 자란 풀에 최대한 몸을 숨긴 채로.

클레이를 등지고 선 두 남자 사이에서 개가 꼬리를 붕붕 흔들고 있었다. 두 남자는 뭔가 이상해 보였다. 조금 지나서야 클레이는 그 이유를 알아차렸다.

남자들은 여전히 1800년대에 사는 사람들처럼 긴 갈색 코트에 넓적한 검은 모자를 쓴, 옛날 옷차림을 하고 있었다.

두 남자는 쉭쉭거리는 듯한 이상한 목소리로 대화를 나누었다. 개 이야기였다.

"정말 시끄러운 개군, 타폴라뮤 사촌."

"내 고양이를 한입에 꿀꺽 삼킬 뻔했어."

"그 고양이, 쥐는 잘 잡나?"

타폴라뮤 사촌이라고 불린 남자가 기묘한 쇳소리를 내며 웃었다.

"나만큼은 아니지."

다른 남자가 몸을 숙이더니 클레이의 개를 쓰다듬었다. 개는 꼬리를 흔들었다.

"산아래 왕국에서 키우는 사냥개 같군."

"그래. 내 눈에도 그렇게 보여, 오디디어 사촌."

"목걸이를 보니 이름은 '엘피노어'고."

클레이는 깜짝 놀랐다. 기억하기로 목걸이에는 아무 글씨도 쓰여 있지 않았다. 그저 유리로 만든 루비, 플라스틱 진주가 붙어 있을 뿐이었는데.

타폴라뮤 사촌이 말했다.

"음, 엘피노어?"

"산아래 왕국에서 쓰는 룬 문자네. '엘피노어'라……."

"왕국으로 돌려보내야 하려나?"

"산아래 왕국을 찾아갈 생각은 없어. 우리한테 어찌나 불친절한지."

클레이는 당신들에겐 자기 개를 누구한테든 돌려줄 권리가 없다고 항의하려 했다. 그러기로 마음먹었다.

하지만 입을 열자마자 눈앞에 나타난 광경에 클레이는 입을 딱 다물어 버렸다.

클레이가 입을 달싹이는 소리에 두 남자 중 한 명이 고개를 돌렸다.

돌아가기 시작한 고개는 멈추지 않고, 반 바퀴나 빙 돌았다.

등 뒤로 돌아간 남자의 얼굴이 클레이를 보았다. 커다란 올빼미 얼굴이었다. 두 눈은 마치 금박지처럼 번쩍번쩍 빛났다.

꼭 악몽에서 보는 광경처럼, 옆에 있는 남자도 똑같이 머리를 반 바퀴 뒤로 돌렸다. 두 얼굴이 클레이를 바라보았다. 부리와 깃털이 달린, 챙 넓은 검은 모자를 쓴 두 마리 올빼미의 얼굴이었다.

클레이는 높이 자란 풀 속에서 몸을 웅크린 채, 꼼짝도 하지 않았다. 올빼미가 시력이 좋다는 사실을 알았기 때문이다. 올빼미는 풀숲에서 사냥감을 찾는 데 무척 익숙하다.

"네 고양이는 쥐 잡기 실력이 그리 뛰어나지 않은 모양이야. 네 집 마당에 들쥐가 종종 보이는 걸 보면."

오디디어 사촌이 말했다.

"그래 봤자 순식간에 잡히는걸."

다른 하나가 말했다.

"그 말이 맞아, 사촌. 좋은 하루 보내, 사촌. 이만 작별을 고하도록 하지."

오디디어 사촌이라는 남자의 머리가 순식간에 반대로 돌아갔다. 그러고는 마을 광장 쪽으로 걷기 시작했다.

클레이는 꼼짝도 할 수 없었다. '들쥐'라니, 혹시 내 얘길까? 진짜 날 본 걸까?

타폴라뮤 사촌은 채소밭으로 똑바로 다가왔다. 클레이는 나무 울타리에 몸을 바짝 붙였다. 등 뒤로 남자가 움직이는 기척이 느껴졌다.

길게 자란 풀 사이로 마을을 돌아다니는 사람들이 보였다. 하나같이 올빼미 머리가 달린 사람들로 모두 검은색, 갈색, 흰색, 회색을 띠는 옛날 옷을 입었다. 다들 갈퀴나 바구니, 낫 같은 걸 들고 마을의 잡일을 하고 있었다.

갑자기 등 뒤에서 쾅 하는 소리가 들렸다. 심장이 쿵쾅쿵쾅 뛰었다. 타폴라뮤 사촌이 뭔가 하고 있었다. 클레이는 숨소리를 내지 않으려 애쓰면서 울타리 틈새에 눈을 대고 지켜보았다.

올빼미 머리 남자의 탁자 위에는 나무로 만든 커다란 소금 통처럼 생긴 것이 놓여 있었다. 남자는 그중 하나를 고르더니 양배추가 자라는 곳으로 갔다. 그리고 부리를 딱딱 마주치며 통 속에 든 알 수 없는 가루를 양배추밭에 온통 흩뿌렸다.

그런데 클레이에게 문제가 또 하나 생기고 말았다. 조금 전까지 집 주춧돌에 코를 대고 쿵쿵대던 개, 그러니까 엘피노어가 이제 클레이에게 총총 다가오고 있었다. 클레이가 숨어 있다는 걸 엘피노어는 까맣게 몰랐다.

클레이는 고개를 저었다. 하지만 개는 알아듣지 못했다.

또 한 번 쾅 소리가 났다. 올빼미 머리 남자가 나무로 만든 소금 통을 내려놓는 소리였다. 남자는 집 쪽으로 걸음을 옮겼다.

"멀리 가거라, 엘프하운드야."

남자는 쉭쉭거리며 말했다.

"네 주인들은 잊고 멀리 도망치렴."

남자는 집으로 들어갔다. 문이 닫히더니 잠기는 소리가 났다.

클레이는 울타리에 몸을 기대어 놀란 가슴을 진정시켰다.

그런데 그때, 울타리 너머에서 무슨 소리가 들렸다. 무언가가 기어가는 것 같은 소리였다.

클레이는 얼른 바닥에 엎드려 울타리 틈새로 바깥을 확인했다.

양배추가 자라나고 있었다. 실제로 무럭무럭 자라고 있는 모습이 눈앞에 보였다. 돌돌 말린 잎이 펼쳐지면서 둥글고 곱슬곱슬한 양배추 머리통이 죽은 자의 머리처럼 땅속에서 솟아나고 있었다.

도망가야 했다. 방금 본 것들을 이야기해도, 아무도 믿어 주지 않을 것 같았다. 클레이 자신조차도 믿을 수 없었으니까.

클레이는 벌떡 일어났다. 몸을 숨겨 줄 숲으로 달려갈 작정이었다. 개는 이제부터 놀이 시간이라고 생각했다. 그래서 다시 길에 오른다는 생각에 들떠 폴짝 뛰었다.

하지만 클레이는 울타리 너머 탁자 위에 잔뜩 놓인 나무통들을 보았다. 양배추를 순식간에 자라게 하는, 마법의 가루가 들어 있는 통을.

평소 클레이는 다른 사람의 물건을 훔치는 일은 상상조차 하지 않았다. 클레이는 그런 아이가 아니었다.

그런데 이상하게도 이 신기한 올빼미 마을에서 무언가를 가지고 가야겠다는 생각이 들었다.

전에는 이곳에 없던 이 마을이 실제로 존재한다는 걸 사람들이 믿게 만들어야 했다.

그러려면 증거가 필요했다.

클레이는 나무통 하나를 움켜쥔 뒤 온 힘을 다해 나무들 쪽으로, 숲으로, 자신이 아는 길로 달렸다. 집으로 달렸다.

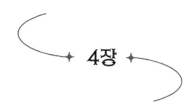

4장

클레이에게는 계획이 있었다. 집에 돌아가면 엄마에게 모험 이야기를 들려줄 것이다. 그런 다음, 엄마가 존재해서는 안 되는 마을이라든지 올빼미 머리가 달린 정원사 이야기를 하나도 믿지 않으면, 통에 든 마법 가루를 아직 묘목뿐인 엄마 텃밭에 뿌려 눈앞에서 채소가 무럭무럭 자라는 모습을 보여 주는 거다.

하지만 그런 일은 일어나지 않았다. 집에 돌아오니 엄마는 손 씻고 와서 점심 준비를 도우라고 했다. 지금 당장. 말대꾸하지 말고.

"누나나 아빠가 하면 되잖아요. 엄마한테 보여 드릴 게 있다고요."

"디로시는 방금 일어나서 목욕부터 한다는구나. 아빠는 빨래하는 중이고. 오늘 많이 힘드셨어. 해버슨 아주머니가 앨더 거리 지하 배수로에 거대한 푸른색 도마뱀이 나타났다고 계속 전화를 했다지 뭐니. 말도 안 돼."

클레이는 온 가족이 먹을 빵을 굽는 일을 맡았다.

"아직도 개 찾는 연락은 하나도 안 왔단다."

엄마가 마요네즈를 찾으려고 냉장고를 뒤지며 말했다.

"쟤 이름은 엘피노어예요."

클레이가 설명했다.

그러자 냉장고 문에 가려져 있던 엄마가 고개를 불쑥 내밀었다.

"그걸 어떻게 아니?"

"목걸이에 쓰여 있는걸요."

엄마는 혼란스러워 보였다. 냉장고 문을 닫더니 개에게 다가갔다. 빨간 귀를 가진 개는 조리대 위에 놓인 슬라이스 햄을 에펠탑에서 한눈에 반한 상대라도 되는 듯 올려다보고 있었다. 엄마는 개에게 부드럽게 손을 뻗더니 목걸이를 빙글 돌려 확인했다.

"아무 글자도 안 쓰여 있어. 화려한 무늬뿐이잖니."

"그 무늬가 엘피노어라는 뜻이에요. 다른 나라 말로요. 엘피노어는 왕실의 개래요."

"이런, 클레이."

엄마는 서글프다는 말투였다.

"개한테 너무 정 붙이지 말렴. 원래 주인에게 돌려줄 거니까."

"엄마, 얘는 평범한 개가 아니라고요. 진심으로 하는 말이에요. 잠깐만요, 보여 드릴 게 있어요."

마법 가루 통을 꺼내고 개를 따라 올빼미 머리를 가진 사람들의 마을에 다녀온 놀라운 이야기를 해 줄 차례였다. 그런데 통은 조리대 위에 없었다. 집에 왔을 때 그 통을 어디 뒀더라? 부엌 안을 둘러보았다. 아무 데도 없었다.

"잠깐만요. 좀 찾아야……."

클레이의 말은 겁에 질린 디로시가 내지르는 비명에 가로막혔다.

욕실에서 나는 찢어지는 듯한 소리에 클레이와 엄마는 깜짝 놀라 고개를 들었다. 엄마가 곧장 욕실로 달려갔다. 클레이도 뒤따랐다. 욕실 안에서 나는 맹렬한 첨벙첨벙 소리가 바깥까지 퍼져 나왔다.

엄마가 욕실 문을 벌컥 열었다.

온몸이 폭 젖은 디로시가 무릎 깊이까지 물이 찬 욕조에 서서 타월로 몸을 감싼 채 벌벌 떨고 있었다.

욕조 물은 마치 연못이 된 것처럼 초록색 물풀로 뒤덮여 있었다.

"이게 대체 무슨 일이에요? 갑자기 왜 욕조에서 풀이 자라냐고요!"

디로시는 고래고래 소리를 질렀다.

디로시가 말하길, 욕조 안에 편안하게 누운 채 눈을 감고 있었는데, 문득 무언가가 다리를 쓸고 지나가는 촉감을 느꼈다고 했다. 디로시가 비명을 지르기 시작한 건 그때였다. 눈을 뜨자, 욕조 물에서 푸릇푸릇한 풀 줄기가 온통 솟아나고 있었다.

지금 디로시는 욕조 한가운데 서서 탁한 갈색이 된 물과 열린 문으로 들어오는 바람에 나풀거리는 풀을 내려다보고 있었다.

클레이 뒤로 아빠가 나타났다. 현실적인 성격인 아빠는 무슨 일이 일어나도 결코 놀라는 법이 없었다. 아빠는 갈대 무더기로 변한 욕조를 보고 얼굴을 찌푸렸다. 그러더니 딱 한 마디 내뱉었다.

"정말 이상하구나."

"당연히 이상하지."

엄마가 대꾸했다.

"난 어떡해요? 발이 진흙투성이가 됐다고요."

욕조 안에서 디로시가 불평했다. 그러더니 또다시 찢어지는 비명을 질렀다.

"아아아악!! 방금 뭔가 물컹한 게 제 발을 쓸고 지나갔어요오!"

디로시는 한쪽 발을 들었지만, 다른 발은 여전히 물속에 있었다. 그래서 어설픈 춤을 추는 것처럼 두 발을 번갈아 들었다 놨다 했다.

"이젠 반대쪽 발도 건드린다고요오!"

주니퍼가 다가와 욕조 앞에 무릎을 꿇고 안을 들여다봤다.

"그냥 메기야, 언니."

그러더니 물속에서 손가락을 꼼지락거렸다.

"안녕, 수염투성이 메기 아저씨."

디로시는 괴로움과 짜증이 섞인 고함을 지르더니 곧바로 욕조 밖으로 나왔다. 그러고는 여동생과 남동생, 엄마와 아빠를 지나쳐 진흙 발자국을 남기며 자기 방으로 가 버렸다.

"아빠가 확인해 볼 테니까 그 전까지는 아무도 욕조 가까이 가지 마라."

엄마가 주니퍼에게 경고했다.

"사람을 무는 거북이가 나올지도 몰라."

이제야 클레이는 자기가 마법 가루 통을 어디 두었는지 기억해 내고 아찔해졌다. 빵 굽기 직전, 디로시가 목욕하러 들어가기 전에 클레이는 욕실에 가서 손을 씻었다.

욕실을 두리번거렸지만, 마법 가루 통은 보이지 않았다.

아빠가 말했다.

"자, 이제 가자. 전부 욕실에서 나가렴. 문 닫는다."

클레이는 누나를 찾아갔다. 디로시는 자기 방에서 옷을 입고 있었다. 클레이는 문밖에서 말을 걸었다.

"누나, 혹시…… 화장실에서 나무로 된 통 같은 거 못 봤어?"

"입욕제 통 말이야? 봤지. 욕조 물에 입욕제를 뿌렸거든."

디로시의 대답이었다.

욕조가 왜 연못 생물로 가득 차게 됐는지 차츰 알 것 같았다. 마법 가루와 관련된 게 틀림없었다.

"아하."

클레이는 아무런 도움이 안 되는 대꾸만 했다.

"클레이? 혹시 그 통이랑 연못 안에서 자란 풀이 관계있는 거야?"

"흐으음."

이번에도 클레이는 그런 생각은 미처 해 본 적 없다는 듯 반응했다. 그저 누나가 의문을 품고 온갖 질문을 던져 대기 전에 얼른 1층으로 내려가야겠다고 생각했다.

1층에서는 부모님과 주니퍼가 부엌 식탁에 옹송그리고 모여 다 함께 무언가를 쳐다보고 있었다.

'이런.'

대체 뭘 그렇게 열심히 보고 있는 건지 궁금했다.

"흠, 이건 대체 뭘까."

아빠가 말했다.

"주니퍼, 오빠가 빵을 새로 구워 줄 거야."

엄마가 주니퍼에게 말했다.

클레이는 차마 무슨 일인지 확인하기도 두렵다고 생각하며 옆에 다가가 섰다.

"내가 샌드위치에 소금을 뿌렸는데……."

그러면서 주니퍼가 마법 가루 통을 가리켰다.

클레이는 샌드위치를 바라보았다.

밀가루로 만든 식빵에 진짜 밀 줄기들이 자라났다. 꼭, 식빵이 아주 작고 네모난 밀밭이 된 것 같았다. 그리고 그 옆에선 양상추 잎 한 장이 양배추 한 통으로 자라면서 조용히 쪼개지고 있었다.

"마법 가루 때문이에요."

클레이가 작게 웅얼거렸다.

"제가 숲에서 찾아낸 거예요. 모든 걸 쑥쑥 자라게 하는 물건인가 봐요. 슈퍼 영양제 같은 거죠."

"대체 이게 뭐냐?"

아빠가 통을 집어 들었다. 그다음에는 통에 든 가루를 식탁 위에 조금 뿌리고 쪼그려 앉아 자세히 살펴보았다.

"겉보기에는 그냥 소금 같은데. 이 소금 통을 숲에서 찾았니? 하긴, 그 숲에선 온갖 이상한 일이 일어나기는 하지. 이게 대체 뭔지 궁금하구나."

그때, 가족이 지켜보는 가운데 떡갈나무 식탁에서 가지가 자라나기 시작했다. 섬세하고 여린 잎들이 달린 작은 가지였다. 봄이 여름으로 바뀌는 것처럼 잎이 활짝 펼쳐졌다. 떡갈나무 잎이었다.

"저거 봐요, 도토리!"

주니퍼가 외쳤다.

"말도 안 돼."

아빠가 말했다.

"이건 슈퍼 영양제라니까요."

눈앞에서 일어난 일에 놀라고 겁먹은 클레이는 한 번 더 말했다.

"모든 걸 엄청 커다랗게 자라게 만들어요."

"뭐가 뭘로 변하는지 실험해 보자!"

주니퍼가 외쳤다.

"발견한 사람은 나거든? 엄마랑 아빠가 텃밭에 뿌려서 채소를 기를 수 있게 가져온 거라고."

클레이는 그렇게 말했지만, 주니퍼는 이미 통을 집어 들어 입고 있는 스웨터에 잔뜩 뿌리고 있었다.

"나한테 무슨 일이 일어날지 지켜보자고!"

"안 돼! 조심해!"

클레이는 그렇게 말했고, 엄마도 말했다.

"우리 주니, 그건 좋은 생각이 아닌……."

하지만 다음 순간, 클레이도 엄마도 너무 놀라 입을 다물고 말았다. 주니퍼가 입은 스웨터가 변신하고 있었다. 점점 더 커졌다.

"털이 더 자란다!"

주니퍼가 신이 나서 외쳤다.

"무지 포근해."

"이제 잠이 오지 않을 때 양 대신 주니퍼를 세면 되겠구나."

아빠가 농담했지만 아무도 웃지 않았다. 주니퍼의 스웨터가 움직였기 때문이다.

"당장 벗어! 스웨터가 살아 있어!"

클레이가 고함쳤다.

그리고 정말로, 주니퍼가 스웨터를 벗으려 버둥거리는 사이에 등 한가운데서 조그만 머리가 하나 솟아났다. 양 머리였다.

"도와줘!"

주니퍼가 소리를 질렀다. 클레이는 동생을 도우려 달려갔고, 모두가 이렇게 해라, 저렇게 해라, 하면서 고함을 질러 댔다. 개까지 합세해서 눈을 깜빡이는 양에게 컹컹 짖었다.

이윽고 스웨터 여기저기에서 다리가 자라나기 시작했다. 사실 이 양은 딱히 양 모양이라 보기는 어려웠다. 우선 곳곳에 튀어나온 다리는 총 다섯 개였다. 또 소매가 달려 있었다. 주니퍼는 스웨터를 벗으려고 몸부림치면서 소리 질렀다.

"양 안에 갇혔어! 나, 나 좀 꺼내 줘!"

개는 주니퍼를 맴돌며 위험하다는 듯 짖어 댔다.

클레이가 스웨터를 힘껏 당겼다.

스웨터에서 풀려난 주니퍼는 뒤로 나동그라졌다.

바닥에 떨어진 기묘한 양 스웨터는 술에 취한 것처럼 비틀비틀 걷기 시작했다. 보통 양보다 훨씬 작은, 고작 아동용 스웨터보다 조금 큰 몸집이었다. 다리가 다섯 개인 데다가 바닥에 소매 두 개가 끌리는 몸을 가지고 있으니, 양도 오브라이언 가족만큼이나 혼란스러운 것 같았다.

놀라 정신을 못 차리는 인간들과 짖는 사냥개에 둘러싸인 부엌보다 토끼풀 가득한 들판이 어울리는 양이었다.

"대체 무슨 일이에요?"

2층에서 디로시의 고함 소리가 들렸다.

"양이 나타났어."

엄마는 약간 확신 없는 목소리로 되받아 외쳤다.

"아니 그거 말고요, 세탁실 말이에요. 세탁기 부서지는 소리가 났다고요."

"뭐라고?"

디로시 말을 듣고, 엄마가 아빠에게 물었다.

"일할 때 입고 갔던 옷, 방금 세탁기에 넣지 않았어?"

"맞아. 그리고 궁금한 게 그거라면…… 그래, 그 마법 가루를 넣었어. 욕실에 나무통이 있길래, 당신이 새로 산 고급 세제인 줄 알았지."

온 가족이 공포에 질린 얼굴로 아빠를 쳐다보았다.

"걱정 마. 내가 입은 멜빵 바지는 면으로 만든 거니까. 무슨 일이 일어나 봐야, 세탁실이 목화솜으로 뒤덮이는 정도 아니겠어?"

아빠 말이 끝나기 무섭게, 세탁실에서 무언가 작게 울부짖는 소리를 가족 모두가 들었다.

"셔츠도 걱정하지 마. 폴리에스터 혼방 셔츠거든."

"폴리에스터는 뭐로 만드는 거야?"

주니퍼가 물었다.

"플라스틱."

클레이가 설명했다.

그러자 아빠가 말했다.

"석유로 만들었다고 하는 게 더 정확하지."

"석유는 뭐로 만드는데?"

주니퍼가 물었다.

클레이가 대답했다.

"아주 오래전에 죽은 동물. 그러니까 엄청 먼 옛날에."

세탁실에서 또 한 번 울부짖는 소리가 났다.

클레이는 말했다.

"예를 들면 공룡이라든가."

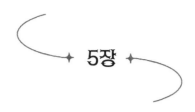

5장

오브라이언 가족은 조심조심 세탁실 문으로 다가갔다. 울부짖는 소리는 더 이상 들리지 않았다. 조용했다.

아빠는 벽난로용 부지깽이를 들었고 엄마는 소화기를 휘둘렀다.

클레이는 세탁실 문 옆으로 다가가, 엄마와 아빠가 문을 열라고 지시하기만 기다렸다.

"준비됐니?"

엄마가 물었다.

클레이는 고개를 끄덕였다.

"열어!"

클레이가 세탁실 문을 활짝 열었다.

작은 세탁실 안은 조용했다. 가족 모두 문 안을 들여다보았다.

아빠의 면바지는 면의 원료인 목화나무로 변해 있었다. 세탁기 문은 나무 때문에 부서져 열려 있었다. 세탁기 속에서 빙빙 돌아가는 사이 자라난 모양인지, 목화솜으로 뒤덮인 가지와 줄기가 소용돌이 모양을 이루며 걷잡을 수 없이 뒤엉켜 있었다. 꼭 나무로 만든 회오리 바람에 성난 구름이 휘감긴 것 같았다. 목화나무가 세탁실 대부분을 가득 메웠다.

그렇다면 아빠의 폴리에스터 셔츠에서 변신했을 무언가는 나무 틈 어딘가에 몸을 숨겼다는 뜻이다. 문이 열린 지금, 구석에서 뒤적거리는 소리가 들렸다. 목화나무 속에 무언가 숨어 있었다.

엘피노어가 슬금슬금 앞으로 나섰다. 개는 무엇을 해야 할지 잘 알았다. 다른 세상처럼 괴상한 숲속에 숨은 작은 괴물들을 사냥하는 것이야말로 엘피노어의 특기였으니까.

"좋은 생각이 아닌 것 같아, 엘피노어."

클레이가 말했다.

엘피노어는 구석에 도사리고 있는 무언가를 보며 으르렁거렸다.

"엘피노어라니, 무슨 이름이 그러냐?"

아빠가 말했다.

조심스레 나아가는 개의 등줄기에서 털이 바짝 일어섰다.

목화나무가 부스럭거렸다.

사냥개가 고개를 숙이더니 날름거리듯 입술을 열었다.

그 순간, 공룡이 울부짖으며 달려 나왔다.

짤막한 다리 네 개에 헐렁한 소매 두 개, 티라노사우루스를 닮은 흉악한 얼굴, 가시 달린 꼬리 그리고 엉덩이에는 아빠 이름인 '배리'가 필기체로 수놓인, 덩치가 닭만 한 아주 작은 공룡이었다.

사냥개와 셔츠 공룡이 서로를 마주 보았다. 소용돌이 목화나무 그늘 아래, 둘은 서로에게서 눈을 떼지 않은 채 한 바퀴 돌았다.

둘이 서로에게 달려든 건 너무나 순식간에 일어난 일이어서, 오브라이언 가족은 싸움을 제대로 따라가지조차 못했다. 작은 짐승 둘이 날카롭게 아르렁거리며 서로에게 덤벼들었다.

"안 돼!"

클레이가 외쳤다. 엘피노어가 다치는 건 싫었다. 그렇지만 적어도 10억 년 만에 처음 나타났을 이 공룡 또한 구해 주고 싶었다.

클레이는 서로를 물어뜯는 두 짐승을 겁에 질린 채 지켜보았다. 엘피노어는 굉장히 사나웠다.

싸움에서 먼저 물러난 건 공룡이었다. 공룡은 가족들 다리 사이로 쌩하니 달려 도망쳤다.

"붙잡아!"

엄마가 외쳤지만 아무리 반팔 셔츠만 하더라도 공룡을 손으로 잡으려 드는 사람은 아무도 없었다.

그때, 스웨터 양이 깜짝 놀라 "매애." 하고 우는 소리가 들렸다.

"공룡이 내 양을 잡아먹을 건가 봐!"

주니퍼가 비명을 질렀다.

집 안에서 추격전이 벌어졌다. 양은 소매에 걸려 비틀거리면서도

다리 다섯 개로 온 힘을 다해 도망쳤다. 셔츠 공룡은 높은 소리로 울며 양을 쫓아갔다. 엘피노어도 공룡을 쫓아 달렸다. 그리고 온 가족은 테이블을, 의자를, 소파를 이리저리 피하며 엘피노어를 쫓아 달렸다.

만약 주니퍼가 앞문을 활짝 열고 "도망쳐, 양아! 어서!" 하고 외치지 않았더라면, 이 정신 없는 진화의 술래잡기에서 과연 승자는 누가 되었을까?

양은 열린 문밖으로 꽁지가 빠져라 달아났다. 주니퍼는 양이 나가자마자 문을 쾅 닫으려 했지만, 한발 늦었다. 공룡이 울부짖으며 문틈으로 쑥 빠져나가 마당을 가로질러 달려가 버린 것이다.

엘피노어는 머리끝까지 화가 났다. 감히, 저 괴물을 잡지 못하게 날 막다니! 엘피노어는 닫힌 문을 향해 사정없이 짖었다. 창가로 달려가 뒷다리로 일어서서 양과 공룡이 숲속으로 사라지는 모습을 노려보았다. 앞발로 창문을 세게 두드리기도 했다.

주니퍼는 슬픔에 잠기고 말았다.

"불쌍한 내 양. 공룡이 나한테 처음으로 생긴 양을 잡아먹고 말 거야."

오브라이언 가족은 방금 일어난 신기한 일들에 넋을 잃고 숲을 바라보았다.

"개 좀 조용히 시키렴."

엄마가 말했다.

"얘 이름은 엘피노어라니까요."

클레이가 우겼다.

이상한 말이지만, 공룡은 양을 잡아먹지 않았다. 어쩌면 둘 다 한 때 옷이었다는 사실 때문에 서로를 먼 친척처럼 느꼈는지도 모른다. 아니면 공룡의 이빨이 북슬북슬한 양털을 이기지 못했을지도.

그 뒤로 수년간, 노룸베가산을 둘러싼 숲에서 작은 공룡과 돌연 변이 양을 봤다는 사람이 여럿 등장한다. 포식 동물과 먹이라니, 서 로 어울리지 않는 한 쌍이지만 말이다. 냉혈 동물인 공룡은 눈 내리 는 겨울을 버티기 힘들었다. 그래서 겨우내 양을 스웨터처럼 껴입기 로 했다. 둘은 각자 반대쪽으로 고개를 돌린 채 흰 눈으로 덮인 엄숙 한 숲을 돌아다니게 된다. 둘은 온기를 얻으려 서로 꼭 끌어안고 잠든 다. 공룡은 눈을 반쯤 감은 채 골골거리며 양을 아프지 않게 잘근잘 근 깨물 것이다.

셔츠와 스웨터가 한 쌍이 되어 앞으로 오랫동안 편안하고 정답게 지낼 것이라는 사실을 알았다면 오브라이언 가족도 무척 기뻤을 것 이다. 그러나 지금 가족의 머릿속은 온통 나무통 안에 담긴, 무엇이든 무럭무럭 자라게 만드는 마법 가루로 가득했다.

"정원에 뿌려 봐야 하나?"

엄마가 말했다.

클레이도 지금은 확신이 없었다.

주니퍼가 입을 열었다.

"만약 여기가 동화 속이라면, 이 가루를 정원에 듬뿍 뿌리는 건 위험한 일일 거예요. 온갖 소동과 재난이 벌어지고, 우리 가족은 교훈을 얻게 되겠죠."

"하지만 여긴 동화 속이 아니잖니."

엄마가 말했다.

"게다가 잘하면 이번 여름에 필요한 식량을 얻을 기회가 될지도 몰라. 우리 살림에 정말 큰 보탬이 될 거다."

누가 미처 반대하기도 전에, 엄마는 통을 들고 밖으로 나갔다. 그리고 이제 막 채소밭에서 자라기 시작한 작은 새싹들 위로 가루를 뿌렸다.

화단 몇 개에 뿌렸을 뿐인데 가루는 금세 동났다. 욕조에, 세탁기에, 샌드위치에, 또 주니퍼의 스웨터에 이미 너무 많이 써 버려서였다. 하지만 가루를 뿌리자마자 채소는 무성하게 자라나기 시작했다. 식물들이 팔다리를 쭉 뻗으며 하품했다. 콩 줄기가 말뚝을 빙글빙글 감고 올라갔다. 흙 속에서 초록 줄기가 흔들리는 듯싶더니 주키니호박이 주렁주렁 열렸다. 토마토는 물풍선처럼 맺혔다.

이 일은 5분간 계속되다가 완전히 멈췄다. 정원이 완성되었다. 고작 5분 만에, 5월 같았던 정원은 7월이 되었다.

근사한 여름이 될 거라는 징조가 아닐까?

그런데 클레이는 왜 이렇게 걱정이 될까?

그날 밤, 클레이는 무서운 꿈을 꾸었다. 집에 있는 모든 것이 싹을

틔우며 미친 듯이 자라났다. 줄기와 잎 사이로 징그러운 눈들이 번득였다. 게다가 사방에서 으스스한 올빼미 울음소리가 들렸다. 지붕 위에서는 살금살금 걷는 발소리가 들렸다. 꿈속에서도 클레이는 침대 옆을 차지하고 잠든 엘피노어에게 손을 뻗었다. 기척을 느낀 개는 클레이의 손목을 혀로 핥아 주었다.

클레이는 거실에 자란 가시덤불이 누나와 동생의 목을 조르는 꿈을 꾸었다.

아침이 되어 잠에서 깼을 때, 클레이는 꼭 한숨도 못 잔 것처럼 피곤했다.

잠시 뒤 클레이는 오줌을 누이려고 엘피노어를 데리고 밖으로 나갔다. 그러다 숲 언저리에서 엘피노어가 무언가를 킁킁 냄새 맡고 앞발로 건드리는 모습을 보았다. 뼈와 털이 있는 조그맣고 흉측한 원반 같았다.

"으으으! 이게 뭐야?"

디로시가 나와서 살펴보고는 알려 주었다.

"에이, 별거 아니네. 올빼미가 쥐 같은 걸 잡아먹고 나서 뱉는 거야. 올빼미 펠릿이라고 해."

올빼미 펠릿은 꼭 불길한 징조처럼 덩그러니 흙 속에 놓여 있었다.

이건 경고일까, 아니면 저주일까?

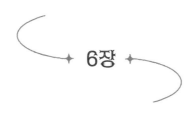

6장

"클레이가 숨기고 있는 비밀이 대체 뭔데?"

마법 가루 소동이 일어난 다음 날 아침, 디로시가 주니퍼에게 물어보았다.

"개도 그렇고, 마법 소금은 대체 어디서 났는지 말이야?"

"그래. 또 내가 올빼미 펠릿 이야기를 했을 때 왜 그렇게 이상한 표정을 지었는지도 궁금해. 곧바로 엄마한테 뛰어가서는 '어, 어, 엄마. 오늘은 학교 공부 못 하겠어요. 해야 할 일이 있거든요. 숲에 가 봐야 해요. 허어엉.' 이랬잖아."

디로시는 양 주먹으로 눈을 문지르며 엉엉 우는 시늉을 했다.

"별로 클레이 오빠 말투 같지 않은데."

주니퍼가 말했다.

"만약 개 뇌가 말할 줄 안다면 분명 이런 식으로 말했을걸."

디로시가 대꾸했다. 여동생도 남동생도 넌더리가 났다.

전 세계를 괴롭히는 전염병 때문에 집 밖에 못 나가게 된 사태에, 디로시는 클레이보다 훨씬 더 화가 나 있었다. 온라인 학교 수업은 곧 끝나고, 여름 방학이 올 것이다. 디로시는 친구들과 여름 방학을 보내고 싶었다. 이제는 열네 살 아이들이 교회 주차장에서 스케이트보드를 타고, 식당에 가서 채소 버거를 사 먹고, 공원 풀밭에 앉아 쓸데없는 농담에 웃음을 터뜨리며 긴 방학을 게으르게 보낼 차례였다. 어릴 때부터 디로시는 동네 언니 오빠들이 여름 방학을 그렇게 보내는 걸 봐 왔다. 그러니까 이젠 '디로시 차례'여야 했다. 열네 살 여름 방학은 평생 딱 한 번이다. 그런데 그 시간을 집에 붙박여 가족들과 보내야 한다니. 불공평하다.

"언니는 왜 우리 가족을 더 이상 좋아하지 않는 거야?"

주니퍼가 물었다.

"전부 괴상하니까."

"우리가 왜 괴상한데? 난 얌전하고 평범하잖아."

주니퍼가 말하자, 디로시는 이렇게 대답했다.

"클레이는 올빼미가 토한 걸 무서워하잖아. 아빠는 새벽같이 일어나 욕실에서 낚시하고."

오브라이언 씨는 욕조에서 딱 좋은 크기의 메기 두 마리, 송어 한 마리를 잡았다. 저녁 식사로 이 생선을 구워 먹을 작정이었다.

주니퍼가 제안했다.

"오늘 오후에 클레이 오빠가 숲으로 가면 몰래 따라가서 어디로 가는지 알아보자."

주니퍼는 언니가 진짜 좋은 생각이라고 해 주길 바랐다.

디로시는 고개를 끄덕였다.

"슈퍼 영양제가 어디서 난 건지 알아야겠어. 분명 그걸 가져온 곳으로 가겠지."

그러더니 디로시는 2층으로 올라갔다.

"난 방에 갈게. 클레이가 나갈 준비 마치면 깨워 줘."

디로시의 방은 동굴처럼 어둡고 아늑했다. 친구들과 공원에 모여 놀 수 없다면 차라리 어둠과 분노, 비참함만 가득한 곳에 있고 싶었다. 분노로 이글거리는 용광로처럼 집 안을 달궈서, 모두를 불편하게 만들고 진땀을 흘리게 만들면 기분이 좋았다. 디로시는 침대에 풀썩 드러누워 친한 친구 유즈(유진의 애칭이다.)에게 문자 메시지를 보냈다. 우리 가족은 나만 빼고 전부 바보 같고 괴상하다고, 아빠는 욕실에 낚시하러 가면서 고무장화까지 챙겨 신었다고.

점심시간이 조금 지났을 무렵, 주니퍼는 오빠가 수업을 마친 뒤 무언가 슬금슬금 시동 걸고 있다는 걸 알아차렸다. 클레이는 부엌 조리대 쪽으로 가서, 엄마가 놔둔 나무통을 낚아챈 뒤 배낭 안에 넣었다. 그러다 자기를 빤히 바라보는 주니퍼와 눈이 마주치자 깜짝 놀랐다. 잠깐 굳어 있던 클레이는 얼른 엄마에게 "갈게요!" 하고 대충 외치며 현관 쪽으로 달음박질했다.

클레이가 "가자, 엘피노어!" 하며 속삭이자, 개는 소파에서 폴짝 뛰어내려 클레이를 따라 바깥으로 나갔다.

주니퍼는 2층으로 뛰어 올라가 디로시의 방문을 똑똑 두들겼다. 긴급 상황이었지만, 문을 너무 세게 두드리면 디로시가 또 화낼 거라는 걸 알았다. 온 가족 때문에 두통이라도 난다는 듯이 말이다.

디로시는 침대에 책상다리를 하고 앉아 있었다. 슬픔의 바이러스가 잔뜩 담긴 것만 같은 음악을 듣는 중이었다. 평소 같으면 주니퍼에게 귀찮게 굴지 말라고 고함을 질렀겠지만, 이번 일은 중요했다. 클레이가 숲에서 찾은 마법의 장소가 어디인지 알아야 했으니까.

디로시와 주니퍼는 클레이가 오솔길에 접어들 때까지 기다렸다.

"개가 우리를 알아채지 못할 만큼 떨어져서, 하지만 개 목소리가 들릴 만큼은 가까이 가야 해."

디로시가 말했다.

"나랑 작전 얘기하길 잘했지?"

주니퍼가 으쓱대며 말하자, 디로시가 나무라듯 쉿 소리를 냈다.

"목소리 좀 낮춰."

둘은 클레이가 간 길을 따라 숲속으로 들어갔다.

주니퍼가 혼잣말인 척 중얼거렸다.

"선글라스는 왜 써? 오빠가 우릴 보면 어차피 언니인 걸 알 텐데."

"그건 내 세상이 언제나 어둠 속에 있기 때문이라고. 내 세상은 늘 한밤중이야, 주니퍼."

디로시의 대꾸에 주니퍼는 말했다.

"알았어. 난 같은 스파이끼리 조언을 주고받고 싶던 것뿐이야."

둘은 한동안 말없이 걸었다. 며칠 전부터 기지개를 켜기 시작한 새 잎들은 아직 밝은 연두색이었다.

말소리가 들리는 순간, 디로시가 여동생의 어깨를 붙들고 멈춰 세웠다.

저 멀리서 클레이가 숲을 터벅터벅 걷는 소리가 들렸다. 엘피노어에게 말을 거는 목소리도 들렸다.

"이걸 주인에게 돌려줘야 해, 엘피노어. 그 남자들이 사는 마을로 가는 길을 알려 줘. 어느 쪽이야?"

주니퍼는 깜짝 놀랐다.

"그 남자들이 사는 마을이라니?"

디로시 역시 영문을 알 수 없었다. 하지만 알고 싶었다.

클레이는 개를 붙들고 애원했다.

"어느 쪽이야? 지난번에 여기서 오솔길을 벗어났잖아. 이제 어디로 가야 해? 그 길을 아는 건 너뿐이라고."

개가 클레이의 발치에서 뛰어다니는 소리가 들렸다.

"좀 있다 같이 놀자. 하지만 그 전에 먼저 날 초원으로 데려다줘. 기억나? 그 마을 알지?"

디로시가 중얼거렸다.

"개한테 말을 거네. 저러니까 내가 우리 가족이 괴상하다고 하지."

주니퍼는 꾸짖는 듯한 눈빛으로 언니를 바라보았다. 그러고는 편들 듯이 말했다.

"쟨 정말 똑똑한 개라고."

디로시와 주니퍼는 숲속을 헤치며 클레이의 기척을 좇았다. 언덕을 따라 산 위로 올라갔다.

그러다가 숲속에 거대한 바위들이 둥글게 모여 선 곳에 도착했다. 바위는 이끼투성이였다.

디로시는 감탄에 차 거대한 바위 사이를 걸었다. 꼭 디로시가 좋아하는 판타지 게임에 나올 법한 곳이었다. 이 바위들이 그리는 원 한가운데서 상대와 무술을 겨룬다든지.

"멋지다!"

디로시는 사진을 찍으려고 핸드폰을 꺼냈다.

"이런 게 여기 있다는 것도 처음 알았어!"

디로시가 핸드폰을 쳐들었다. 가장 가까이 있는 바위 세 개에 올빼미들이 앉아서 두 여자아이를 내려다보고 있었다.

찍기만 한다면 정말 근사한 사진이 될 터였다. 디로시는 핸드폰 카메라를 켰다.

올빼미가 날갯짓하더니 숲속으로 날아가 버렸다.

디로시는 한숨을 쉬고 핸드폰을 도로 주머니에 집어넣었다. 기회를 놓쳤어.

저 멀리, 언덕 위에서 클레이가 개를 부르는 소리가 들렸다.

엘피노어는 클레이를 이끌고 노룸베가산 등성이를 따라 올라가고 있었다. 점점 높이 올라갈수록, 개도 신이 났다. 클레이는 일단 그 마을을 찾는 일은 나중으로 미루기로 했다. 엘피노어가 이번에는 자기를 어디로 데려갈지가 무진장 궁금했기 때문이다. 분명히 혼자서라면 갈 수 없을 곳으로 데려다주겠지. 클레이는 산등성이 위를 올려다보며 물었다.

"저긴 뭐가 있는 거야?"

엘피노어는 씩 웃더니 펄쩍 뛰어 앞으로 내달렸다가, 다시 몸을 돌려 클레이에게로 돌아갔다.

엘피노어는 인간 아이가 어째서 자기만큼 들뜬 기색이 없는지 알수 없었다. 자기가 사는 왕국 입구가 곧 나올 텐데! 집에 거의 다 왔는데!

남자아이는 뒤에서 여자아이 둘이 따라오고 있다는 것도 모르는 듯했다. 제대로 된 방향으로 이끌지 않으면 엄청나게 헤매고 말 것이다. 저 아이들 눈에는 숨겨진 길이 보이지 않으니까. 엘피노어는 먼저 성큼 뛰쳐나가고 싶었지만, 여자아이들에게 돌아가 제대로 된 길로 이끌어 주었다. 둘 중 작은 아이가 양팔을 뻗고 큰 소리로 이름을 불렀지만, 엘피노어는 걸음을 멈출 시간이 없었다. 이제 남자아이와 여자아이들이 가까워졌다. 이제는 돌아가야지! 엘피노어는 얼른 자신을 찾는 남자아이에게 달려갔다.

산아래 왕국 입구로 클레이를 데려간 엘피노어는 그 애가 마법의

문을 열어 주기를 기다렸다.

클레이는 가만히 서서 개가 자기를 이끌고 온 장소를 빤히 쳐다보았다. 검은 절벽이었다. 거친 화강암 말고는 아무것도 없었다.

'날 왜 여기로 데려온 거지?'

엘피노어가 종종걸음으로 다가가 앞발로 절벽을 긁었다. 클레이 쪽을 돌아보며 부탁하듯 낑낑거렸다. 그러고 나서 또 한 번 절벽을 긁었다. 그제야 클레이는 상황을 알아차렸다. 개는 꼭 안으로 들어가게 해달라는 듯이 절벽을 긁어 대고 있었다.

엘피노어는 이 절벽 속에서 온 게 분명했다.

"나랑 같이 살면 안 돼? 산 아래로 꼭 돌아가고 싶어?"

그러자 개는 온 힘을 다해 땅을 파기 시작했다. 마치, 깊고 깊은 구덩이를 파면 자기가 좋아하는 것들이 전부 나타나기라도 할 것처럼.

"엘피노어. 제발, 부탁이야."

하지만 개는 그 말을 귓등으로도 듣지 않았다. 꼭 클레이의 존재를 벌써 잊어버린 것 같았다.

그러고 보니 올빼미 머리를 한 남자들이 개가 "산아래 왕국"에서 왔다고 말했던 게 떠올랐다.

아니야. 이 개는 내 거야. 클레이는 분명히 알 수 있었다. 하지만 개는 그렇게 생각하지 않는 것 같았다. 개는 클레이가 무슨 마법이라도 부려서 자신을 집으로, 그러니까 진짜 집으로 돌려보내 주기를 기다리고 있었다.

기적처럼 찾아왔던 엘피노어가 이제는 돌아갈 때였다. 땅 밑으로 돌아가 영원히 사라지겠지. 클레이는 개가 자기를 선택하지 않았다는 사실이 도저히 믿기지 않았다. 그래서 애원했다.

"그냥 내 곁에 있어 줘. 조금만 더."

클레이가 고개를 들자, 등 뒤에 누나와 여동생이 서 있었다. 클레이는 두 사람이 자기를 몰래 따라왔다는 사실에 화를 낼 생각조차 들지 않았다. 그래서 그냥 이렇게 말했다.

"돌아가고 싶대. 나랑 같이 있고 싶지 않대."

"어디로 돌아가는데?"

디로시가 높은 절벽을 올려다보며 물었다. 머리 위 6미터나 되는 높은 곳에 덤불과 소나무가 드리워 있었다.

"산아래 왕국으로 간대."

클레이는 이렇게 대답한 뒤, 디로시한테 말했다.

"자, 어서 나한테서 안 좋은 냄새가 나니까 다들 날 떠나는 거라느니 하는 농담을 해야지. 누나 하고 싶은 대로 해. 난 신경 안 쓰니까."

디로시는 깜짝 놀란 듯했다. 정말로 그런 농담을 할 생각이었던 거다. 하지만 동생이 너무 괴로워 보여서 아무 말도 하지 않았다.

"엘피노어가 우리랑 같이 안 산대?"

주니퍼가 묻더니 무릎을 꿇고 개를 찬찬히 살펴보았다.

"나랑 같이 안 산대."

클레이가 서글프게 말했다.

"내 옆에 있기 싫은가 봐."

엘피노어는 절벽 아래를 둘러싼 블루베리 덤불을 뒤지느라 보라색이 된 앞발로 화강암을 긁어 댔다. 블루베리 덤불에서 형제자매의 냄새라도 풍긴다는 듯이 킁킁 냄새를 맡기도 했다.

디로시가 말했다.

"그럼 거기서 나무통을 찾아낸 거야?"

"그건 올빼미 머리를 한 사람들의 마을에서 찾은 거야."

클레이는 긴 설명 없이 그렇게만 대답한 뒤 엘피노어에게 외쳤다.

"이리 와, 엘피노어. 집에 가자."

클레이는 지금 당장 개를 데리고 산에서 내려가고 싶었다.

하지만 개는 그저 궁둥이를 바닥에 대고 앉은 채, 절벽에 달린 문을 열어 달라는 듯 클레이를 빤히 쳐다보았다. 개는 아이를 믿었다.

"아니. 우린 저 안에 안 들어갈 거야. 집에 갈 거라고."

클레이는 얼른 덧붙였다.

"그러니까 우리 집 말이야. 엘피노어, 넌 우리 집에 가기 싫어?"

클레이가 하도 마음 아파 보여서, 개는 클레이에게 다가가 코를 혀로 핥아 주었다. 클레이가 손을 뻗자, 개는 처음으로 그 손길에 머리를 맡겼다. 가장 기분 좋은 곳을 긁어 줄 수 있게 고개를 기울여 주기도 했다. 그러면서 사랑이 담뿍 담긴 눈으로 클레이를 바라보았다.

뾰족한 귀 뒤까지 다 긁어 준 클레이가 자리에서 일어났다.

개는 연민이 가득 담긴 눈으로 클레이를 바라보았다. 클레이도 눈빛에서 개의 감정을 읽어 낼 수 있었다. 하지만 동시에 그 눈은 이렇게 말하고 있었다.

'걱정 마. 너는 곧 문을 활짝 열고 땅 밑 세계로 나를 데려다줄 거잖아.'

엘피노어의 집은 그곳이었다.

클레이는 그 눈빛을 무시하는 게 낫다고 생각했다. 그저 마지막으로 "가자." 하고 딱 한 마디를 했다. 정말 힘들었지만 클레이는 개에게서 등을 돌렸다. 그리고 왔던 길을 돌아가 집으로 걷기 시작했다. 엘피노어가 따라오는지는 보지도 않았다.

개는 여전히 절벽 앞에 앉아 있었다. 멀어지는 클레이의 뒷모습만 물끄러미 바라보았다.

"이리 와."

디로시가 빨간 귀를 가진 개에게 속삭였다. 꼭, 간절히 바라면 개가 슬픔에 빠진 동생을 따라가게 만들 수 있다는 듯이.

그런데 그 말을 알아듣기라도 한 것처럼 엘피노어가 벌떡 일어나더니 클레이를 따라 총총 달려가기 시작했다.

디로시와 주니퍼도 뒤를 따랐다.

물론 주니퍼는 궁금한 게 많았다.

"묻고 싶은 게 백만 개나 있어!"

주니퍼는 온 숲이 울릴 정도로 크게 외쳤다.

"사실은 일곱 개야. 첫째, 올빼미 머리를 한 사람들이 대체 누구야?

둘째, 저 커다란 바위들을 둥글게 놓아둔 사람은 누구야, 오빠? 셋째……."

디로시가 주니퍼를 한 팔로 감싸더니 "쉬잇." 했다.

"클레이는 지금 질문에 대답할 기분이 아니야. 또, 묻지 않는 게 나아. 어쩌면 저 바위들이 밤이면 펄쩍펄쩍 뛰어 돌아다니면서, 어린 여자아이를 납작 짜부라뜨리는 바위들일지도 모르잖아? 이 사이로 뇌가 튀어나올 정도로 세게 짓누를지도 모른다고."

주니퍼는 언니를 노려보았다.

"이건 지질학적 사실이야."

디로시가 덧붙였다.

세 아이와 개는 숲에서 서서히 멀어졌다. 아이들의 목소리도 나무 사이로 서서히 옅어졌다.

셋이 지나간 자리, 숲속에서 누군가가 슬며시 오솔길로 나왔다. 금빛 올빼미 눈 한 쌍이 사라지는 아이들의 뒷모습을 바라보고 있었다. 그리고 소리 없이, 그 형체는 셋의 뒤를 따라갔다. 올빼미 눈이 입은 검은 양복은 곧 나무껍질과 낙엽에 묻혀 눈에 띄지 않았다.

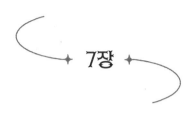

7장

집 안은 깜깜했다. 자정이 한참 지났다. 가족들은 침대에 각자 잠들어 있었다. 그때, 어떤 형체 하나가 마당을 가로질러 걸어왔다.

클레이는 화들짝 놀라 잠에서 깼다. 엘피노어가 맹렬하게 짖어 댄 탓이다. 개는 방 한가운데 서서 창밖을 노려보고 있었다.

"아이, 시끄러워."

주니퍼는 베개로 귀를 막았다.

"무슨 일이야? 밖에 뭐라도 있어?"

클레이의 물음에, 개는 앞발로 방문을 긁었다. 1층으로 내려가자는 뜻이었다.

클레이가 문을 열어 주자, 개는 복도를 지나 계단을 폴짝폴짝 뛰어 내려갔다. 그러더니 집 안을 이리저리 헤치고 다니며 모든 창문을 확인했다. 개가 다시 짖었다. 무언가 바깥에 숨어 있다. 개는 냄새로 알 수 있었다.

"무슨 일이니, 클레이?"

엄마가 방 안에서 큰 소리로 물었다.

"아무것도 아니에요. 그냥 개가 짖어서요."

그렇게 대답했지만 클레이도 내심 불안했다. 내려가서 개가 왜 짖는지 확인하기로 했다.

개를 따라 이 방, 저 방 돌아다녔지만 창밖 세상은 칠흑 같은 어둠뿐이었다.

갑자기 개가 입을 딱 다물었다. 그러더니 거실 창문 너머를 보며 한 발을 치켜든 자세로 가만히 멈춰 섰다.

집이 어떻게 이렇게 조용할 수 있을까? 들리는 거라곤 나방들이 뒷문 유리에 타닥타닥 부딪치는 작은 소리가 전부였다.

번쩍.

마당의 움직임 감지등이 켜졌다. 너무 환해서 덤불과 풀잎 하나하나까지 다 보일 정도였다.

그리고 마당 한가운데, 올빼미 머리를 한 어떤 형체가 집을 뚫어지게 바라보며 서 있었다.

클레이와 올빼미 머리는 서로를 마주 보았다. 클레이는 너무 무서워서 꼼짝도 할 수 없었다.

올빼미 머리는 팔을 휘적거리며 창문 쪽으로 서서히 다가왔다.

클레이는 뒷걸음질로 창가에서 물러났다.

그런데 자세히 보니, 올빼미 머리는 클레이에게 손을 흔들고 있었다. 키가 아주 작다는 사실도 알 수 있었다. 이틀 전 그 마을에서 본 올빼미 머리 남자들보다 훨씬 작았다.

올빼미 머리 아이였다.

아이는 눈이 부신데도 이쪽을 보려고 이마에 손차양을 만들었다.

그러더니 클레이를 가리키며 손가락 하나를 까딱거렸다.

'이리 와.'

무언가에 홀린 것처럼 클레이는 곧장 문으로 다가갔다. 문을 열고 개를 내보내 주었다.

꼭 장례식에 온 것처럼 검은 옷을 입은 올빼미 머리 소년이 마당에 서 있었다.

엘피노어가 마당을 쏜살같이 가로질렀다. 올빼미 소년은 움찔했지만, 곧 개가 냄새를 맡을 수 있게 손등을 내밀어 주었다.

개는 걸음을 늦추고 킁킁거리며 올빼미 소년 주위를 빙빙 돌았다.

클레이는 엘피노어의 판단을 믿기로 했다. 그래서 밖으로 나가 올빼미 소년과 대화해 보기로 마음먹었다.

"난 에이모스야."

올빼미 소년이 말했다.

"난 빛이 싫어."

"그러면 집 옆쪽으로 가자."

클레이가 말했다. 올빼미 소년도 클레이를 따라왔다.

둘은 집의 그늘 아래 멀찍이 떨어져 섰다. 엘피노어는 두 사람 사이에 앉아 올빼미 소년을 주의 깊게 쳐다보았다.

올빼미 소년 에이모스가 말했다.

"통을 돌려주면 고맙겠어."

"너희 마을에 돌려주러 갔었어. 미안해. 가루는 다 떨어졌어."

클레이의 말에 에이모스가 대답했다.

"타폴라뮤 형제 집에 다시 가져다 놓을게. 정원 탁자 밑에 삐딱하게 두면 거기서 떨어진 줄 알 거야."

"내가 가져간 건 어떻게 알았어?"

클레이가 물었다.

"우리 집 창문으로 봤어."

"그 올빼미 머리 남자들도 나를 봤어?"

"응. 하지만 네가 통을 훔쳐 간 건 몰라. 만약 알게 되면 굉장히 화를 낼걸. 숲 바깥으로 나와서 너희 집에 저주를 걸지도 몰라."

"지금 들어가서 가져올게. 1초만 기다려 줘."

클레이는 통을 가지러 방으로 달려갔다. 바깥이 추웠기에, 겸사겸사 신발도 신고 재킷도 걸쳤다.

다시 집 밖으로 나오자, 에이모스는 여전히 라일락 덤불 뒤 어둠 속에서 기다리고 있었다.

"정말 미안해."

클레이가 말했다.

"다른 세계에서는 아무것도 훔치면 안 돼. 네가 사냥개를 데려간 걸 산아래 왕국에서 알게 되면, 너희 집은 물론 가족들까지 다 없애 버릴 거야. 산아래 왕국 사람들은 인간을 싫어하거든."

그 말에 클레이는 자신을 지켜 주려는 듯 발치에 앉아 있는 개를 내려다보았다. 정말 멋진 개였다. 절대 포기하고 싶지 않았다.

"산아래 왕국 사람들이 개를 잘 돌봐 줬다면 도망쳤을 리가 없잖아. 앤 우리 집이 좋대."

그러자 올빼미 소년은 말했다.

"다시 돌아가고 싶어서 절벽을 앞발로 긁는 걸 봤어. 너희 둘 다 봤다고. 이 개가 있을 곳은 이 세계가 아니야."

클레이는 올빼미 소년에게 고함이라도 지르고 싶었다. 개가 동굴 속에 갇혀 낑낑 우는 모습은 생각하고 싶지도 않았다.

손님이 무례하게 굴면 정중하게 화제를 바꾸라고, 엄마가 전에 알려 주었다. 엄마와 아빠라면 집을 찾아온 올빼미 소년한테 뭐라고 할까? 클레이는 다른 이야기를 해 보기로 했다.

"물 마실래? 아니면 땅콩버터 크래커 줄까?"

그러자 에이모스가 말했다.

"손님이 오면 우선 지하실로 안내하는 게 우리 종족의 예의야. 어둡고 시원한 데다가, 원하는 설치류는 뭐든지 양껏 대접하겠다는 뜻이거든."

"설치류라고? 생쥐나 시궁쥐 같은 거 말이야?"

"들쥐도."

"알았어."

클레이가 대답했다.

"그래도 쉿, 엄마랑 아빠를 깨우면 안 돼."

클레이는 지하실 칸막이벽으로 가서 문을 활짝 열었다. 두 아이는 지하실 계단을 내려갔다. 익숙한 곰팡이와 버섯 냄새가 풍겼다. 잊힌 물건들이 담긴 상자 여러 개가 온 사방에 널려 있었다. 아무도 쓰지 않는 기계들도 있었다.

엘피노어는 이 집에서 탐험할 만한 공간이 새로 생겨 기뻤다. 계단을 껑충 달려 내려가 바닥을 쿵쿵거렸다.

클레이는 낡은 야외용 의자에 앉았다. 에이모스는 정원 용품이 있는 곳 근처를 뒤적였다.

"너도 학교에 다녀?"

클레이가 물었다.

"응. 우리 마을에서 나까지 열두 명이 학교를 다녀. 하지만 그 애들에게 네 존재를 알리고 싶지는 않아. 지금까지 인간 머리가 달린 아이랑 대화를 나눠 본 애들은 아무도 없거든."

에이모스가 대답하며 클레이 맞은편에 앉았다. 에이모스는 생쥐 한 마리를 삼켰는데, 부리 사이에서 조그만 쥐 꼬리가 뱅글뱅글 퍼덕였다. 에이모스가 천장을 바라보자, 목을 타고 덩어리 하나가 꿀꺽 넘어가는 모습이 클레이의 눈에도 보였다.

클레이는 얼굴을 찡그렸다.

"맛있어?"

"먼지 맛이야."

에이모스가 대답했다.

"넌 어떻게 우리에게 보이지 않는 곳에서 살아가는 거야?"

클레이가 물었다.

"우리 세계 사람과 너희 세계 사람은 서로 다른 시간의 주름 속에 살고 있어. 넌 그 개를 따라왔다가 우리를 찾았겠지? 그 개는 불가사의한 장소들을 연결하는 모든 길을 알고 있거든."

"그러면 지금까지 내가 못 본 것들은 또 어떤 게 있어?"

"숲은 숨겨진 것들로 가득해. 어떤 것들은 친절하지. 또 어떤 것들은 위험하고. 그것들은 아주 가까운 곳에 있지만, 넌 그것들을 볼 수 없고 그것들도 대부분 널 못 봐."

"그…… '산아래 왕국'에 사는 사람들처럼 말이야?"

"왕국 사람들은 아주 오래된 동시에 위험한 이들이야."

올빼미 소년이 자리에서 일어났다.

"이제 난 마을로 돌아가야겠어. 나한테 통을 주면 타폴라뮤 형제의 정원 잡초 속에 눕혀 둘게."

"가져오지 말 걸 그랬어."

클레이의 말에 에이모스는 어깨를 으쓱했다.

"난 네가 겁이 없어서 더 마음에 들었는걸."

에이모스는 계단을 올라 마당으로 갔다.

클레이는 전염병이 퍼진 뒤로 계속된 지루하고 답답한 삶을 생각하다가 입을 열었다.

"가끔 같이 노는 건 어때?"

"좋아. 내일 숲에서 보자. 신기한 곳도 찾아가 보고."

그 말을 남긴 뒤 에이모스는 밤 속으로 걸어 들어가 버렸다.

클레이는 지하실 문을 닫았다. 엘피노어는 또 다른 침입자가 없는지 두리번거리며 마당을 돌아다니는 중이었다.

클레이는 그 자리에 잠시 가만히 서 있다가 집 안으로 들어갔다.

다음 날 아침, 클레이는 컴퓨터 앞에 앉아 리바이와 영상 통화를 했다. 리바이에게는 새로운 이야깃거리가 정말 많았다.

"진짜 웃긴 일이 일어났어. 우리 엄마 손이 문에 낀 거 있지?"

그러더니 리바이는 씩 웃었다.

"장난 아니었어! 우지끈 소리까지 나는 것 같더라니까. 클레이, 넌 새로운 일 없어?"

클레이는 리바이와 지난번 대화한 뒤로 일어난 온갖 일을 떠올렸다. 올빼미 머리 사람들이 사는 마을과 셔츠 공룡, 스웨터 양 그리고 올빼미 소년.

하지만 왠지 리바이에게는 이 이야기를 하고 싶지 않았다. 미안하기는 했지만, 그래도 이 이야기를 지키고 싶다는 생각이 들었다.

"딱히 별일 없었어."

클레이는 개를 데리고 다시 숲으로 달려가 올빼미 소년과 함께 숲에 숨겨진 신기한 비밀을 찾아다닐 때까지 시간이 얼마나 남았는지 헤아렸다.

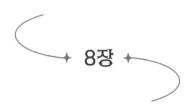

8장

새 친구와 함께 산을 오르기 가장 좋은 때는 아침, 그날 하루에 아직 아무것도 쓰이지 않은, 선 하나 그이지 않은 시간이다. 그렇게 하루의 모험이 미지의 세계로 뻗어 나간다.

하지만 우선 클레이는 오전 수업을 마쳐야 했다. 정말 견딜 수 없는 일이었는데 디로시, 주니퍼와 컴퓨터를 놓고 서로 나쁜 말을 하며 다퉈야 했기 때문이다. 결국 디로시는 클레이에게 넌 최악의 남동생이라고 말한 뒤 쿵쿵 발소리를 내며 방으로 올라가 버렸다. 그러고는 마루가 울릴 정도로 시끄럽게 격렬한 음악을 틀었다. 더 최악인 건, 그게 클레이가 이 싸움에서 이겼다는 뜻이라는 거다. 사실 클레이는 싸움에서 지기를 남몰래 바랐다. 그랬다면 디로시가 컴퓨터를 쓰느라 온라인 교실에 들어갈 수 없었을 테고, "엄마, 진짜 화나요. 누나가 컴퓨터를 쓰는 바람에 수학 공부를 할 수 없게 됐다고요. 전 그냥 개랑 밖에 나가서 놀래요."라고 말할 수 있었을 테니까.

컴퓨터 화면 속 분수의 곱셈 문제를 풀면서, 클레이는 혹시 누나도 비슷한 꿍꿍이로 공부하지 않을 핑계를 찾는 건 아닌지, 그래서 이번 싸움에서 누나가 진 것이 사실은 이긴 게 아닌가 하는 생각이 들었다. 누나가 틀어 놓은 노래에서 가수가 외쳤다.

"나는 분노의 순찰대! 분노의 순찰대가 일렬로 나아간다!"

엄마가 계단 위로 외치는 소리가 들렸다.

"디로시, 음악 소리 낮추지 않으면 두꺼비집 내려 버린다! 그러면 잠잠해지겠지."

클레이는 컴퓨터 화면 속에서 느릿느릿 흘러가는 시간을 바라보았다. 무슨 수를 써도 시간이 더 빨리 흐르지는 않을 것이다. 엘피노어는 클레이 옆 소파에 몸을 말고 누워서 비난하는 것 같은 눈길로 이쪽을 보고 있었다. 개는 클레이 역시 집 안에 갇힌 처지라는 사실을 이해하지 못하고 '지금은 오래된 돌담 뒤를 탐험할 때인데.' 하는 눈빛을 보냈다.

점심시간이 되자마자, 클레이는 칠면조 샌드위치를 얼른 만들어 움켜쥔 뒤 기적의 개를 데리고 숲으로 달려갔다.

개는 모험을 떠나게 되어 굉장히 들뜬 것 같았다. 신이 나 어쩔 줄 모르는 듯 옆에서 폴짝폴짝 뛰고, 클레이의 손목과 칠면조 샌드위치에 주둥이를 디밀었다.

그러고 보니 에이모스와 만날 시간이나 장소도 정해 놓지 않았다는 게 퍼뜩 떠올랐다. 가족들이 목소리를 듣지 못할 정도로 숲속 깊이 들어온 뒤, 클레이는 에이모스의 이름을 몇 번 외쳤다.

엘피노어가 둥글게 늘어선 바위로 클레이를 이끌었다. 클레이는 이 바위보다 더 멀리 가고 싶지는 않았다. 자꾸 걸어가면, 엘피노어는 분명 산으로 이어지는 그 한심한 절벽을 또 찾아가려 들 테니까. 클레이는 자리에 앉으며 말했다.

"여기서 기다리자."

가던 길을 멈춘다는 사실에 엘피노어는 깜짝 놀랐다. 하지만 바위 사이를 왔다 갔다 뛰어다니며, 오래전 이 바위로 된 원 안에 나타났던 다른 세계의 흔적을 킁킁대는 것만으로도 충분히 만족스러웠다.

클레이는 샌드위치를 먹은 다음 엘피노어와 막대기 던지기 놀이를 했다. 30분쯤 지났을 무렵, 올빼미 소년이 나타났다. 바짓단이 무릎까지 오는 앙증맞은 트위드 양복을 입고 있었는데, 다리가 인간과 똑같았다. 클레이는 조금 실망스러웠다. 발톱이 달렸기를 기대했던 것이다.

"안녕, 인간 머리를 한 클레이. 드디어 만나서 다행이야."

에이모스가 특유의 쇳소리로 조그맣게 말했다. 묘하게 딱딱한 말투도 그대로였다.

"난 모험할 준비 끝났어!"

클레이가 말했다.

"근사한 것들이 잔뜩 기다리고 있어."

올빼미 소년은 엘피노어가 냄새를 맡을 수 있게 손을 내주었다.

"그럼 개가 우리를 어디로 데려가는지 따라가 볼래?"

"아니. 앤 산을 올라가고 싶어 해. 어제 갔거든."

클레이의 대답에 에이모스는 날카로운 금색 눈으로 꿰뚫어 보는 것처럼 클레이를 쳐다볼 뿐 아무 말도 하지 않았다.

"산을 오르기엔 너무 덥잖아. 다른 걸 구경하러 가자."

"넌 개가 가려는 곳에 가고 싶지 않구나."

에이모스가 말했다.

클레이는 아무렇지 않다는 듯이 대꾸했다.

"재미없는 곳이야. 그냥 절벽이던걸. 막다른 길이라고."

"클레이 형제. 거긴 막다른 길이 아니야, 너도 알잖아."

"그러니까 다른 구경거리가 있다는 거야, 없다는 거야?"

"있지."

에이모스는 깃털투성이 머리를 우아하게 끄덕였다.

"그럼 가 보자!"

그들은 숲을 헤치며 걸어갔다. 그러면서 이런저런 이야기도 주고받았다. 클레이는 올빼미들도 분수의 곱셈을 배우느냐고 물었다. 올빼미 머리 아이들은 수학 시간에 기계에서 나오는 소리를 듣고 사물의 거리를 계산한다고 에이모스가 대답했다. 예를 들면, 높이 자란 풀숲에 숨은 쥐가 얼마나 멀리 있는가라든지.

"박쥐 교수들이 과학적으로 연구한 학문이야. 우리 올빼미들이 수학적으로 소리를 들을 수 있는 기계를 만들었지."

둘은 엘피노어에게 막대기를 던져 주었다. 물론 엘피노어는 막대기를 도로 물어 오는 법이 거의 없었다. 신이 나서 막대기를 물고 숲으로 펄쩍펄쩍 뛰어 들어간 다음 마음에 드는 나무 아래 내려놓고 돌아올 뿐이었다. 셋은 한참 숲을 헤매다가 소나무로 둘러싸인 작고 반짝이는 호숫가에 도착했다. 건너편 비탈에는 꽃 핀 사과나무들이 있었다.

"여기는 소원을 이뤄 주는 호수야. '시간과 그림자의 강'에서 흘러온 물로 이루어진 호수지. 저 건너편, 사과나무가 있는 기슭에서 소원을 빌면 이루어져."

에이모스가 알려 주었다.

"뭐라고? 그럼 가야지! 가자!"

클레이는 빌고 싶은 소원을 모조리 떠올리기 시작했다. 새 노트북 컴퓨터, 아니면…… 아, 전 세계에 퍼져서 모든 걸 멈춰 버린 이 전염병의 치료 약을 달라고 할까?

"그렇게 쉬운 일은 아니야, 클레이 형제."

에이모스가 말했다.

"호수 건너편 기슭에서 빈 소원을 이루려면, 호수 이쪽에 있는 누군가의 소원을 빼앗아야 하거든."

"아, 그래?"

실망한 클레이가 물었다.

"혹시 빼앗겨도 상관없는 바보 같은 소원 없어?"

"진짜로 바라는 것이어야 해."

올빼미 소년이 대답했다.

"너라면 무슨 소원을 빌 거야?"

클레이가 물었다.

"인간 머리가 달린 이들이 우리 마을을 영영 발견하지 못하는 게 내 소원이야. 또, 레밍 떼가 우르르 몰려왔으면 좋겠어. 레밍 파이는 정말 맛있거든. 꼭 신경질 내는 것처럼 톡 쏘는 맛이 나."

그러더니 에이모스가 말을 이었다.

"이제 '잠든 자들'을 보러 가자."

어두운 골짜기와 금빛 구덩이를 지나 걷다가 클레이가 물었다.

"어째서 인간들이 네가 사는 마을을 발견하지 못하길 바라는 거 야?"

"우린 영영 숨어 있어야 하거든. 우리는 마을 가장자리를 돌아다니 며 너희 세계 사람들이 마을로 들어오지 못하게 하는 주문을 걸어. 만약 네가 어른인데 채소밭 뒤에 숨어 있다가 들켰더라면, 목숨이 위 험했을 거야."

"그냥 돌아다녔을 뿐인데도?"

"인간 머리가 달린 이들은 결코 그냥 돌아다니는 법이 없어. 늘 불 태우고 무너뜨리거든."

"그 말은 너무한데?"

클레이의 말에 에이모스는 대답하지 않았다.

짜증이 난 클레이가 말했다.

"우리를 인간 머리가 달린 이들이라고 부르지 마."

그러자 에이모스는 말했다.

"하지만 너희는 인간 머리가 달린 몸을 하고 있잖아?"

에이모스의 올빼미 얼굴은 도무지 표정을 읽을 수 없었다. 부리가 웃는지, 찡그리는지 구별하기 어려웠다. 클레이는 에이모스가 무슨 생각을 하는지 아니, 지금 이 모험이 즐겁기는 한지조차 알 수 없었다.

"만약 인간들이 그렇게 나쁘다면, 넌 왜 인간인 나랑 노는 거야?"

그 말에 에이모스는 고개를 등 뒤로 180도 돌려 클레이를 쳐다보면서 계속 앞으로 걸었다.

"사실 난 여기 오면 안 돼. 몰래 빠져나온 거야. 내가 여기 온 건 아무도 몰라. 만약 우리 부모님이 이 사실을 알면, 말을 안 들었다고 회초리로 맞을 거야."

"그럼 위험을 무릅쓰고 날 보러 온 거야?"

"당연하지. 지금껏 인간 머리를 한 아이와 친구가 된 올빼미 아이는 아무도 없었어. 오랜 시간이 흐른 뒤에 자랑할 거야."

그 말에 클레이는 기분이 조금 나아졌다.

올빼미 소년이 말했다.

"자, 이건 산아래 왕국의 탑이야."

클레이는 에이모스가 아까 인간을 두고 한 말 때문에 기분이 나빴던 것도 까맣게 잊어버렸다. 숲 한가운데 바위에서 불쑥 솟아오른 성

탑 같은 망루의 폐허를 보고 놀란 것이다. 오래전에 대포가 탑 일부를 날려 버린 것 같은 모습이었다.

클레이는 벽에 뚫린 구멍으로 들어가 폐허를 거닐었다. 덤불이 잔뜩 자라 있었다. 고개를 들어 보니, 탑은 벽만 남고 내부도 천장도 뻥 뚫려 있었다.

"우아!"

"산아래 왕국이 또 다른 세계 사람들과 전쟁을 벌일 때 지은 곳이야."

"진짜 멋있다."

클레이는 폐허가 된 텅 빈 탑 복판에 서서 귀를 기울였다. 새들의 노랫소리, 나무를 스치는 바람 소리와 함께 무언가 흐릿한 메아리가 들렸다. 아주 멀리서 울리는, 마치 유리잔 테두리를 손가락으로 문지르는 것처럼 낭랑한 하나의 음이었다.

"저 소리 들려?"

그 말에 에이모스가 대답했다.

"응. 여기선 늘 저 소리가 들려. 전설에 따르면, 산아래 왕국과 다른 세계 침입자들이 대전을 벌이던 시기에 전쟁에서 질 것을 예감한 어느 왕자가 이 탑에서 뛰어내렸대. 군대에 소속된 마법사가 왕자를 구하려 마법의 문을 연 덕분에 왕자는 바닥에 부딪혀 뼈가 부러지는 대신 그 문으로 빠졌지. 하지만 안타깝게도 너무 섣부른 계획이었어. 어디로도 이어지지 않는 문이었거든. 문에 빠진 왕자는 계속 떨어지기만 했대. 들리는 이야기로는 왕자는 공간 속으로 영원히 떨어지는 중이라고, 늘 떨어지는 순간에 있다고 해. 그래서 저 소리는 왕자가 아래로 떨어지며 지른 비명이 얼어붙은 거래."

"으으."

클레이는 작게 몸서리쳤다.

"그렇다고 산아래 왕국 사람들을 안타까워할 필요는 없어. 그 사람들은 친절하지 않거든. 잊지 마. 네가 왕실 개를 데려간 걸 알면 너희 집을 산산이 부숴 버릴 거야."

에이모스가 탑 바깥을 돌아다니며 그 높이와 튼튼함을 우러러보던 엘피노어를 가리켰다.

"그 사람들은 엘피노어가 사라진 것도 모를걸."

클레이는 고집스레 우겼다.

"게다가 얜 나랑 있는 거 좋아해."

에이모스는 대답 없이 다시 걷기 시작했다. 클레이도 에이모스를 따라 걸으며 외쳤다.

"넌 얼마나 먼 곳에서 소리가 들리는지 알 수 있다며? 그럼 떨어지는 왕자는 어디쯤 있는 거야?"

"무한히 멀고, 무한히 가까워."

에이모스의 대답에 클레이는 눈을 굴렸다. 이 숲의 수수께끼를 뭐든지 아는 에이모스에게 조금 진저리가 나기 시작한 것이다. 그래도 새 친구한테 무례하게 굴기는 싫었다.

그래서 대신 이렇게 말했다.

"우리 아빠한테 금속 탐지기가 있어. 일할 때 쓰시거든. 다음에 가져와서 저 탑의 폐허에서 보물을 찾아보자."

에이모스가 걸음을 멈추더니 고개를 등 뒤로 돌렸다.

"재미있겠네. 이제 다시 똑바로 걸어."

얼마 지나지 않아 다시 걸음을 멈춘 에이모스가 손가락으로 무언가를 가리켰다.

"자, 첫 번째 잠든 자야."

처음 클레이의 눈에 보인 건 나무가 무성한, 길고 나지막한 흙무더기가 전부였다.

그런데 문득 이 흙무더기가 벌러덩 누워 있는 거대한 남자 모양이라는 사실이 문득 눈에 들어왔다. 거인의 머리와 배에서 떡갈나무며 짙은 색 전나무가 자라나고 있었다. 계속 걷다 보니 남자 거인과 여자 거인 흙무더기가 여럿 나타났다. 몇몇은 반듯하게, 몇몇은 비스듬히 누워서 잠들어 있었고, 블랙베리 덤불과 은빛 너도밤나무 둥치가 잔뜩 자라 있었다.

"저들은 누구야?"

클레이가 목소리를 낮추었다.

"크게 말해도 괜찮아. 저들은 폭풍이 와도, 전쟁이 일어나도 깨지 않았어."

엘피노어가 이끼로 잔뜩 뒤덮인 거인의 코 근처를 들쑤시는 모습이 보였다. 개가 코 근처에 구멍을 파도 거인은 꿈쩍하지 않았다.

"정말 살아 있는 거야?"

"1년에 한두 번, 저들 중 하나가 숨을 쉬어. 그날이 바로 축제의 밤이지. 숲에 사는 사람들이 모두 나와 축하 파티를 하며 팡파르를 울리고 자장가를 불러 줘."

올빼미 소년이 잠든 거인 위로 올라갔다.

"여기서 흙에 귀를 대고 있으면 가끔 심장 뛰는 소리가 들리기도 해."

"멋지다."

그렇게 대답한 클레이는 귀를 대 보려고 거인의 가슴 위로 기어 올라갔다.

엘피노어는 거인의 콧구멍이 여우 굴이거나 무시무시한 웜의 굴이라고 결론 내린 것 같았다. 양 앞발로 맹렬하게 흙을 파내느라 개 뒤로 모래가 물보라처럼 휘날렸다.

클레이는 낙엽과 은방울꽃 위에 앉아 흙에 귀를 대 보았다. '쿵' 아니면 '콩' 아니면 '둥' 소리가 들리기를 기대하면서.

하지만 에이모스와 클레이는 심장 소리를 들을 수 없었다. 엘피노어가 마치 동굴이라도 된다는 듯 거인의 콧구멍을 막고 서서 열심히 짖어 댄 탓이다. 엘피노어가 짖는 소리는 돌로 된 거인의 머리뼈 속에서 메아리쳤다.

"조용히 해, 엘피노어."

클레이가 말했다.

"그만해, 착하지."

에이모스가 말했다.

"조용히!"

하지만 엘피노어는 방금 발견한 동굴을 보면서 하염없이 짖었다. 클레이는 저 안에 뭔가 있는 건 아닐까 하는 데 서서히 생각이 미쳤다. 혹시 거인의 콧구멍에서 겨울잠을 자는 곰이라도 있나?

"난 아무 소리도 안 들리는……."

클레이는 입을 열었지만, 땅이 온통 흔들리는 바람에 말을 마칠 수 없었다.

"혹시 이게 심장 뛰는 소리야?"

클레이가 잔뜩 들떠서 물었다. 그러나 질문을 끝내기도 전에 또 한 번 땅이 흔들렸고…… 계속 흔들렸다. 나무들이 들썩였다. 이끼가 꿈틀댔다.

올빼미 소년은 놀란 얼굴로 눈을 깜박이더니 풀썩 주저앉으며 무릎을 꿇었다.

"이런. 엘피노어가 거인을 깨웠나 봐."

클레이가 중얼거렸다.

둔덕이 자꾸 움직였다. 누가 묵직한 이불 아래서 몸을 일으키려고 애쓰는 것 같았다. 사방에 끙끙 소리가 크게 울려 퍼졌다. 마치 빙하기부터 땅속에 잠들어 있던 무언가가 내는 소리 같았다.

"뛰어내려!"

발밑에서 흙이 움직이며 오르락내리락하기 시작하자, 클레이가 외쳤다. 클레이와 에이모스는 깨어나려는 거인에게서 뛰어내렸다.

엘피노어는 싸움을 포기하고 싶지 않았기에, 거인의 얼굴 위에서 계속 콧구멍을 보며 짖어 댔다. 엘피노어의 등 뒤에서 돌로 된 커다란 입이 하품하며 꿈틀거리고 있었다.

"엘피노어!"

클레이가 에이모스와 죽어라 달려가며 개에게 경고하듯 외쳤다.

"이리 와!"

클레이는 엘피노어가 커다란 구덩이 같은 거인의 입속으로 굴러떨어져 삼켜질까 봐 겁에 질렸다.

뒤돌아본 엘피노어는 깜짝 놀라 컹컹 짖었다. 그러더니 얼른 뛰어내려 두 소년을 따라 달렸다. 곧장 거인의 얼굴 전체가 비스듬히 옆으로 돌아갔다.

거인이 눈을 떴다. 얼굴과 목을 덮고 있던 흙이 우수수 떨어졌다. 진흙 아래 드러난 피부는 파란색에 비늘이 돋아 있었다. 거인은 잠을 깨운 조그만 세 존재를 바라보더니, 느릿느릿 눈을 끔벅였다.

"너희 개가 나를 깨웠군."

거인이 낮고 우렁우렁한 목소리로 말했다.

숲은 고요했다. 새들도 노래를 멈추었다. 엘피노어조차 더는 짖지 않았다.

"뭐라고요?"

클레이가 물었다.

"저주는 끝났어. 나는 깨어났다."

거인이 대답했다.

'맙소사, 우리가 저주를 풀다니.'

올빼미 소년이 앞으로 걸어 나가더니 허리 굽혀 인사했다.

"위대한 거인이여, 인사드리겠습니다. 다시금 지상을 걸어 다니실 수 있다니, 무척 기쁩니다."

그러자 거인이 대답했다.

"뭐가 기쁘다는 거지? 난 일어나서 걸어 다닐 생각이 없다. 대체 어디를 걷는단 말이냐?"

그러면서 거인은 길고 긴 터널 같은 목구멍으로 한숨을 내쉬었다.

"내가 알던 세상은 10만 년 전에 사라지고 없을 테지."

거인이 눈을 굴려 눈앞의 조그마한 사람들과 조그마한 나무들을 쳐다보았다.

"다시 잠들고 싶구나."

그 말에 클레이가 입을 열었다.

"그렇게 오랫동안 잠들어 계셨다면, 아직 못 본 멋진 것이 잔뜩 있을 거예요. 또, 엄청나게 유명해지실걸요? 어쩌면 사람들은 거인님이 자유의 여신상 옆에 서 있는 사진을 찍고 싶어 할지도 몰라요."

에이모스도 거들었다.

"숲에 머무르면서 이 산의 위대한 수수께끼 중 하나가 될 수도 있고요."

"나는 여기 누워 이제는 존재하지 않는 것들을 한탄하련다."

거인은 그렇게 말하더니 눈을 감았다.

"잠들기 전 세상은 어떤 모습이었어요? 그리고 누가 거인님께 저주를 건 거예요?"

클레이는 열심히 물었다.

"목소리가 들리는 걸 보니 아직도 물러가지 않은 모양이군."

거인이 말했다.

"위대한 거인이시여, 저희가 떠나야 하나요?"

에이모스가 묻자, 클레이가 외쳤다.

"방금 일어나셨잖아요! 새로운 하루의 시작이라고요!"

거인은 슬픈 한숨을 내쉬더니 고개를 저쪽으로 돌려 버렸다. 그러고는 꼭 침낭에서 자는 사람처럼 숲 바닥에 드러누웠다. 거인이 숨을 내쉬고 들이쉬는 박자에 따라 너도밤나무 숲이 들썩였다.

두 아이는 거인이 무언가 하기를 가만히 기다렸다.

"난 움직일 생각이 없다."

거인이 말했다. 아이들은 계속 기다렸지만 거인은 무시했다.

결국 에이모스와 클레이는 조심조심 그 자리를 떠났다.

"뭐, 적어도 지금은 숨을 더 많이 쉬잖아. 숨쉬기 기념 파티를 더 많이 할 수 있겠네."

클레이의 말에 올빼미 소년이 대답했다.

"실망스러워. 시간의 시작과 함께했던 위대한 존재를 만나면 재미있을 줄 알았는데."

"오래전 멸종된 검치호랑이 이야기라도 들려줬다면 좋았을 텐데 말이지."

두 아이는 고개를 숙인 채 바닥의 돌과 쓰러진 나무 들을 넘으며 계속 걸었다. 클레이는 거인이 다시 잠들겠다 마음먹는 대신, 이불처럼 덮은 이끼를 떨쳐 내고 몸을 일으켜 밝은 초록빛 봄의 세상을 보면 좋겠다고 생각했다.

'벌써 몇백 년을, 몇억 년을 놓쳤는데, 더 많은 나날을 놓치는 건 별로잖아?'

문득 클레이는 에이모스에게 물어보았다.

"그런데 올빼미 머리 사람들은 야구 규칙 알아?"

에이모스가 고개를 돌렸다.

"아니. 그건 무슨 시합이야?"

"규칙은 몰라도 상관없어. 여긴 우리 셋뿐이니까, 어차피 한 사람은 개가 입에 문 공을 꺼내야 하거든."

클레이가 주머니에서 야구공을 꺼냈다.

"난 너한테 보여 줄 기적 같은 건 없지만…… 그래도 공 받기 놀이 할래?"

올빼미 소년은 긴장한 듯 불안해 보였다. 클레이는 우선 공을 던지기 전에 어깨의 긴장을 푸는 법을 알려 줘야겠다고 생각했다.

"좋아. 해 보자."

에이모스가 대답했다.

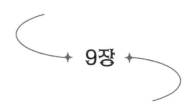

9장

일주일 뒤, 1학기 수업이 모두 끝났다. 마치 언덕 꼭대기에서 내려다보는 숲처럼 클레이 앞에 여름 방학이 펼쳐졌다. 끊이지 않고 이어지는 초록빛 모험으로 가득한 여름이었다.

한 학년이 끝난 게 조금도 서운하지 않았다. 어차피 전염병 기간에 받은 학교 수업은 쓸데없는 것처럼 느껴졌다. 컴퓨터 화면으로 듣는 수업은 이전과는 달랐으니까. 사실, 지난 몇 달 동안 배운 게 있는지조차 알 수 없었다. 친구들과 한 교실에서 장난치던 시간이 그리웠다. 그랬으니 학기를 모두 마쳐서 아주 속이 시원했다.

'엘피노어를 만나지 못했더라면 정말 끔찍했을 거야. 이 여름을 함께 나눌 친구가 하나도 없었을 테니까.'

하지만 엘피노어가 있어서 클레이는 외롭지 않았다. 에이모스도 며칠에 한 번씩 올빼미 머리 마을에서 몰래 빠져나와 클레이를 만나러

왔다. 셋은 함께 숲을 돌아다니고, 강바닥을 탐사하거나 공을 던지고 받으며 놀았다.

때때로 '잠든 자들'을 찾아가 우울한 거인에게 안부를 묻기도 했다. 알고 보니 거인의 이름은 버드였다. 두 아이는 버드에게 같이 숲을 산책하자고 했다. 사실은 거인의 어깨에 올라타 보고 싶은 마음도 있었다. 하지만 버드는 늘 그 낮고 우렁우렁한 목소리로 "일어선들 좋을 게 뭐냐? 이 지독한 세상에 무슨 일이 일어나는지나 보겠지. 아는 게 적을수록 더 나아." 같은 대답을 하는 게 다였다.

엘피노어는 두 아이를 처음 보는 곳으로 인도했다. 고사리의 바다와 티 없이 새하얀 대리석 바위들을 보여 주었다. 나무에서 자라난 시계도 가져다주었다. 여전히 째깍째깍 움직이지만, 시간이 맞지 않는 시계였다. 엘피노어는 숲속 깊은 곳에 있는 폭포에도 데려갔다. 우렁찬 소리를 내며 언덕을 타고 쏟아져 내려온 강물이 두 줄기로 갈라져 한 줄기는 바다로, 다른 한 줄기는 산 아래 세계와 연결된 깊고 시커먼 구멍으로 흘러 들어갔다. 폭포가 일으키는 물안개 속에는 늘 무지개가 어려 있었다. 두 아이가 폭포에서 헤엄치는 동안 엘피노어는 얕은 곳을 돌아다니며 가재를 몰아 댔다. 아이들이 무슨 놀이를 하건 함께 할 수 있다는 사실이 엘피노어는 좋았다. 그래서 늘 혀를 길게 빼물고 기분 좋게 헥헥 숨을 몰아쉬며 둘 사이를 오갔다.

클레이의 부모님도 엘피노어의 존재를 점차 당연하게 여겼다. 〈게렌퍼드 난롯가 게시판〉에 오브라이언 가족이 올린 글을 보고 연락한 사람은 아직까지 없었다. 동네 경찰관도 우유처럼 하얀색에 흔치 않은 빨간 귀를 가진 특이한 개를 잃어버렸다는 신고는 들어온 적 없다고 했다. 그렇게 몇 주가 지나고 나니, 클레이의 부모님도 더 이상 개에게 집을 찾아 주자는 말을 하지 않았다. 그래서 엘피노어는 가족회의도 거치지 않고 이 집에서 계속 지내게 되었다.

엘피노어는 플라스틱 그릇에 담긴 밥을 당당하게 먹었다. 그리고 인간 아이의 방에 있는 침대 바로 옆에서 잠들 수 있다는 사실을 흐뭇하고 명예롭게 여겼다. 얼마 뒤, 개는 슬쩍 침대 위에 올라가기 시작했다. 당연히 망신스럽게도 어느 숨겨진 우리에 갇힐 줄 알았다. 하지만 남자아이는 개의 머리를 긁어 주었고, 개는 아이 옆에서 둥글게 몸을 말고 자리를 잡았다. 둘 다 행복했다.

오브라이언 가족은 다들 엘피노어를 사랑했다. 엄마인 오브라이언 부인은 개가 정원에 조용히 함께 있어 주어서 좋았다. 엘피노어는 대리석으로 만든 스핑크스처럼 그늘에 앉아서 엄마가 채소에 물을 주는 모습을 지켜보았다.

아빠인 오브라이언 씨는 무더운 마을의 먼지투성이 도로에서 종일 일하다 집에 왔을 때, 폴짝폴짝 뛰며 진심으로 반기는 존재가 있어서 좋았다. 나머지 식구들은 그저 서로 피해 다니려 애쓰는데 말이다.

주니퍼는 꼭 인형에게 하듯이 개에게 말을 걸었다. 또, 자꾸만 개를 안으려고 했다. 엘피노어는 안기는 걸 그리 좋아하지 않았다. 그래서 주니퍼가 팔을 휘두르면 뒷걸음쳐 피했다.

식구들 중 개에게 열 올리지 않는 사람은 디로시 하나였다. 디로시는 동물을 별로 좋아하지 않았다. 디로시의 눈에 동물은 전부 말을 안 듣는 무서운 존재일 뿐이었다. 하다못해 새들도 무슨 짓을 할지 짐작할 수 없었다. 또, 엘피노어가 별것 아닌 것에 대고 온 힘을 다해 짖어 대는 것도 싫었다. 잔디 위에 앉아 있는 울새라든지, 나무 그루터기 위에 앉아 있는 다람쥐라든지. 게다가 개 짖는 소리는 엄청나게 크고, 사람을 깜짝깜짝 놀라게 해서 디로시는 그때마다 소리를 질렀다.

"으아아! 입 좀 다물어! 입 다물라고, 이 멍청한 개야!"

그러면 클레이가 엘피노어는 멍청하지 않다고, 알고 보면 누나보다 똑똑하다고 대꾸했다. 그렇게 모두 화가 났다.

그러니까 오브라이언 가족은 서로가 지긋지긋할 때가 많았지만, 그래도 대부분 엘피노어를 좋아했다.

클레이는 예전만큼 친구들에게 자주 전화하지 않았다. 리바이가 전화했을 때는 할 말이 별로 없어서 놀랐을 정도다.

"재미있는 일 있어?"

클레이가 대화를 이어 가 보려고 물었다.

"딱히."

리바이는 손가락 끝에 농구공을 올려놓고 빙빙 돌리려고 했다. 하지만 공은 자꾸만 비틀거리다가 떨어졌다.

클레이는 리바이가 자신에게도 재미있는 일 없느냐고 묻기를 기다렸다. 할 말이 정말 많았으니까. 그러나 리바이는 그저 이렇게 말했다.

"〈데드 볼 3000〉 했던 이야기 들려줄까? 최종 점수가 나온 화면을 캡처해 놨어."

클레이는 속으로 리바이가 만약 "어떻게 지내?" 하고 묻는다면 모든 걸 이야기해 주겠다고 마음먹었다. 엘피노어에 대해, 올빼미 소년에 대해, 소원을 이뤄 주는 호수에 대해, 우울한 거인에 대해서까지 모조리 다. 하지만 리바이는 아무것도 묻지 않았다. 그저 잔디를 깎아야 한다는 이야기를 한참이나 늘어놓았을 뿐이다.

'차라리 말하지 않는 게 나을지도 몰라. 리바이는 분명 질투할걸.'

그렇게 생각한 클레이는, 대화가 끝날 때까지 리바이가 아무것도 묻지 않자 이렇게 거짓말했다.

"뭐, 나한테도 딱히 아무 일 없어."

그러자 리바이가 말했다.

"잠깐만, 아직 끊지 마. 내가 〈피의 카니발〉에서 진짜 높은 점수를 받은 이야기 들어야지."

클레이는 친구에게 중요한 이야기를 하나도 말해 주지 않는 게 친절한 일인지, 엉큼한 일인지 알 수 없었다.

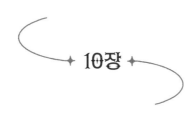

10장

어느 날, 클레이는 차고에 있던 아빠의 금속 탐지기를 빌려 에이모스와 폐허가 된 탑에 보물을 찾으러 갔다.

금속 탐지기를 들고 숲으로 가는 길에 클레이가 말했다.

"다시 돌려주면 훔치는 게 아니라 빌리는 거야."

에이모스가 아무 대답도 하지 않는 바람에 클레이는 아까보다 더 큰 죄책감을 느꼈다.

둘은 '잠든 자들'을 지나며 우울한 거인에게 인사를 건넸다. 에이모스는 거인의 파란 얼굴에 대고 허리를 굽혀 인사했다.

"위대한 버드 님, 미래에서 온 저희가 인사드립니다."

"너희는 미래에서 온 게 아니야. 현재에서 왔으니 더 최악이지. 바로 지금이잖아."

거인이 우렁우렁한 목소리로 말했다.

"그래요, 버드. 현재란 바로 지금이라고요! 앞으로 남은 인생은 원하는 대로 살 수 있잖아요!"

클레이가 말했다.

"그래, 정말 기운 나는 말이군. 그 한마디 덕분에 절망의 구덩이에서 우울의 늪으로 들어갈 수 있겠구나."

클레이는 눈만 굴렸다. 두 아이와 개는 탑 쪽으로 다시 걸음을 옮겼다.

탑을 둘러싼 덤불은 잎이 무성해져 있었다. 클레이는 금속 탐지기 전원을 켠 뒤 블루베리 덤불 속을 쿡쿡 찔러 보았다. 금속 탐지기는 기다란 막대 끝에 동글납작한 원판이 붙은 모양새였다. 클레이보다 팔이 긴 사람이 쓰기에 적당한 물건이었다. 클레이가 금속 탐지기를 앞뒤로 흔들 때마다 무게 때문에 팔이 자꾸만 아래로 처졌다.

"우리 아빠가 일할 때 쓰는 물건이야. 도로 공사를 할 때 이걸로 오래된 파이프를 찾아내지."

클레이가 에이모스에게 설명해 주었다.

금속이 묻혀 있는 곳 위에 놓이자, 금속 탐지기가 삑 하는 높은 소리를 냈다. 클레이와 에이모스가 땅을 팠다. 땅속에서 나타난 건 불에 타 구멍이 뚫린 투구의 잔해였다. 클레이는 신이 나 어쩔 줄 몰랐다. 이번에는 에이모스가 금속 탐지기를 써 볼 차례였다. 올빼미 소년이 약한 팔로 들기에 금속 탐지기는 너무 무거워서, 막대가 땅바닥에 닿을락말락 했다. 에이모스가 찾은 것은 진흙과 먼지로 범벅 된 튜브

와 다이얼, 축음기 나팔이 잔뜩 달린 녹슨 기계였다.

"네가 이야기해 준 전쟁 때 물건인가 봐."

클레이가 말했다.

엘피노어는 보물찾기를 좋아했다. 사람들이 땅 파는 걸 구경하는 것도 좋았다. 땅 파는 모습은 온종일 봐도 질리지 않았다. 두 아이가 드디어 제대로 된 일을 시작한 셈이었다. 엘피노어는 때때로 아이들 곁에 다가와 함께 땅을 파면서 등 뒤로 흙을 날려 보냈다. 하지만 구덩이에서 나온 게 오소리가 아니란 걸 아는 순간, 개는 금세 흥미를 잃고 나방을 잡으러 달려가 버렸다.

클레이는 기묘한 룬 문자가 쓰인 찌그러진 탄산음료 캔을 발견했다. 양발 발굽을 엄지처럼 치켜든 사나운 말이 그려져 있었다. 에이모스가 캔에 쓰인 글자를 해독해 주었다.

"동굴 콜라. 지하 호수만큼 상쾌합니다. 산아래 왕국 국왕 폐하의 특명으로 제조."

"무슨 맛일까?"

클레이가 물었다.

"지하 호수를 본 적 있는데, 그리 맛있어 보이진 않더라."

에이모스가 대답했다.

그다음으로 발견한 건 낡은 열쇠였다.

"옛날식 문을 여는 열쇠인가 봐."

클레이의 말에 에이모스는 혼란스러운 듯 되물었다.

"옛날식 문이라고?"

"신경 쓰지 마."

그러면서 클레이는 씩 웃었다.

"네 기준으로 보면 분명 엄청 현대식 문일 거야."

에이모스가 벌떡 일어나더니 양손으로 허리를 짚었다.

"혹시 이 탑 어딘가에 산아래 왕국으로 들어가는 문이 있는 게 아닐까? 그러면 앞뒤가 맞잖아."

"그래, 네 말이 맞는 것 같아!"

클레이도 신이 나서 맞장구쳤다.

"전쟁이 벌어졌을 때, 지하 왕국에서 곧바로 이 탑으로 이어지는 통로를 만들어 왕국을 지키려고 했겠지?"

"탑이 풀과 가시덤불로 뒤덮이다니 안타까워. 산아래 왕국으로 이어지는 잊힌 입구를 찾는 건 분명 멋진 모험이 될 거야."

클레이와 에이모스는 덤불을 뒤지기 시작했다. 둘은 비밀 통로를 찾느라 집중한 나머지, 짙은 푸른색 형체가 덤불 아래를 통과해 꿈틀꿈틀 기어 오고 있다는 사실은 까맣게 몰랐다.

"왜 옛날 물건은 늘 땅에 묻혀 있는 걸까?"

클레이가 물었다.

"옛날보다 지금 흙이 더 많아진 걸까? 그렇다면 지구가 점점 더 커지고 있다는 뜻 아니야?"

그때 엘프하운드는 자기들에게 다가오는 무언가를 냄새로 감지했다. 달아오른 도자기 같은, 익숙한 냄새였다. 개가 으르렁거리다가 짖었다. 다음 순간 그 냄새는 자취를 감추고 말았다.

웜은 남몰래 웃음 지었다. 바람은 웜의 편이었다. 이제 저 엘프하운드는 자신의 냄새를 맡을 수 없다. 웜은 무너진 탑의 낡은 벽을 타고 올라가서 두 아이의 머리를 내려다보았다. 올빼미 머리 하나, 인간 머리 하나. 둘 다 맛이 좋겠군.

따라다니다가 기회를 노리면 된다.

두 아이는 오늘치 잡동사니는 모두 찾았다고 결론 내렸다. 멋진 물건이라든지 비밀 통로를 찾으러 조만간 다시 돌아와야겠다고 생각했다. 클레이는 아빠가 돌아오기 전에 금속 탐지기를 도로 차고에 가져다 놓을 수 있을지가 걱정이었다.

각자 찾아낸 걸 하나씩 챙겨 가기로 했다. 클레이는 투구의 잔해를, 에이모스는 열쇠를 챙겼다. 둘은 다시 인간들이 사는 쪽으로 숲을 헤치고 나갔고, 엘피노어가 정찰견처럼 앞장서서 달렸다.

웜은 엄청나게 많은 이빨을 드러낸 채 씩 웃으며 멀찍이서 그들을 따라갔다. 개가 대체로 한참 앞장서서 달려간다는 사실도 파악했다. 웜이 둘 중 한 아이를 이빨로 꽉 물어서 끌고 가더라도 곧장 달려오기엔 먼 거리였다.

"엘피노어는 꼭 금속 탐지기 같아. 하지만 쟤가 찾아내는 건 금속이 아닌 모험이지. 엘피노어를 만나기 전에는 이런 것들은 한 번도 본 적 없어."

장애물을 능수능란하게 뛰어넘으며 숲을 내달리는 개를 보더니 클레이가 말했다.

"엘피노어가 널 데리고 세계의 주름 사이를 헤치고 다니는 거야. 과연 네가 엘피노어 없이도 '잠든 자들'이나 둥글게 늘어선 바위를 찾을 수 있을까?"

에이모스의 말에 클레이는 잠시 생각에 잠겼다가 입을 열었다.

"그러게, 한번 실험해 보자!"

평범하게 생긴 흙길 두 개가 교차해 네 갈래 길이 생겨나는 곳이 눈앞에 있었다. 평소 엘피노어가 눈에 보이지 않는 다섯 번째 길로 클레이를 이끄는 곳이 바로 여기였다.

"이렇게 해 보자. 네가 엘피노어의 목걸이를 붙잡고 못 움직이게 해. 내가 집에서 출발했을 때처럼 저 길을 걸어갈게. 엘피노어가 나한테 다가오게 두면 안 돼. 나 혼자서도 마법의 길을 찾을 수 있는지 한번 해 볼게!"

이윽고 네 갈래 길 앞에 섰을 때, 클레이는 마법의 길에서 벗어났다. 정확히 언제라고 콕 짚어 말할 수는 없었지만, 문득 클레이의 눈에 모든 것이 아주 조금 바뀐 것처럼 느껴졌다. 나무가 드리우는 그림자도 약간 달랐다. 클레이는 가족과 함께 오래전부터 걸어 다니던 평범한 숲길에 서 있었다.

집으로 3미터쯤 걸어가던 클레이가 몸을 돌려 길이 교차하는 곳으로 다시 왔다.

두 길이 하나로 만나, 모두 네 방향으로 뻗어 나갔다. 다른 길이 '숨어' 있을 만한 커다란 덤불 같은 것도 없었는데, 에이모스도 엘피노어도 보이지 않았다.

"에이모스! 너희 아직 거기 있어?"

어딘가에서 에이모스의 목소리가 들려왔다.

"우리 바로 여기 있잖아."

"나 보여?"

"여기선 안 보여."

"난 너희가 안 보여."

무언가가 나뭇잎 사이로 움직이며 부스럭 소리가 났다.

"잠깐만! 너희 둘이 움직이는 소리가 들리는 것 같아."

클레이가 크고 시커먼 전나무로 다가갔다.

"바로 여기서 소리가 나."

그러자 올빼미 소년의 목소리가 들렸다.

"아니야, 그건 우리 소리가 아닌걸? 넌 우리한테서 점점 멀어지고 있는 것 같아."

전나무 가지가 부스럭거렸다.

"아니야, 바로 여기서 소리가 들려."

에이모스가 대답했다.

"클레이 형제, 그건 우리가 아니야."

하지만 클레이는 고집스레 우겼다.

"맞다니까? 바로 여기……."

소리가 나는 곳을 가리키려 팔을 뻗는 순간, 클레이의 눈에 덤불 아래에서 고개를 치켜드는 푸른 뱀의 머리통이 보였다. 클레이는 깜짝 놀라 고함을 내질렀다.

웜이 기다렸다는 듯이 클레이에게 달려들었다.

"에이모스! 엘피노어!"

클레이는 비명을 지르며 온 힘을 다해 도망쳤다.

괴물은 여섯 개나 되는 갈고리발톱으로 땅을 박차며 클레이에게 돌진했다.

"클레이 형제!"

올빼미 소년이 고함을 질렀고, 엘피노어는 경고와 분노를 담아 미친 듯이 짖었다. 그러나 둘의 모습은 어디에도 보이지 않았다.

그때, 괴물이 클레이를 덮쳤다. 괴물은 어마어마한 무게를 실어 달려들며 갈고리발톱으로 허공을 그었다.

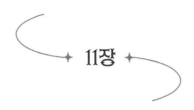

11장

클레이는 뱀 모양 괴물에게 금속 탐지기를 휘둘렀다. 금속 탐지기에 맞은 웜은 옆으로 나동그라졌지만, 기계도 목이 뚝 부러지고 말았다. 웜은 고통스러워하며 나무딸기 덤불 위로 똬리 틀 듯 내려앉았다. 클레이는 바닥에 떨어진 나뭇가지를 밟고 비틀거렸다. 도망치려 했다. 그런데 발목에 날카로운 통증이 느껴졌다. 발목을 삐고 만 것이다. 하지만 클레이는 도망쳐야 했다. 성난 웜이 쉭쉭 쇳소리를 내며 위협하기 시작했다.

클레이는 온 힘을 다해 달렸다. 한 걸음 한 걸음 땅을 디딜 때마다 발목을 할퀴는 것 같았다. 두 친구가 낙엽 사이를 오가는 소리가 들렸지만, 둘 다 클레이를 찾지 못했다.

"이쪽이야!"

클레이는 크게 고함쳤다.

몸을 뒤집은 괴물이 돌돌 말았던 몸을 다시 쫙 폈다. 그러더니 고개를 양옆으로 흔들어 대며 클레이를 쫓아오기 시작했다. 갈고리발톱 하나를 절뚝였으나, 클레이보다 멀쩡한 다리가 네 개나 더 많았다.

에이모스는 간절히 외쳤다.

"클레이 형제, 어디야?"

"여기야!"

클레이는 돌멩이에 걸려 비틀거리면서도 되받아 외쳤다. 부서져서 꺾인 플라스틱과 대롱대롱 늘어진 전선 무더기가 되어 버린 금속 탐지기는 집어 던졌다. 자신에게 돌진하는 괴물의 발톱이 사방을 헤집는 소리가 들렸다.

다음 순간, 클레이는 발걸음을 딱 멈췄다. 에이모스, 엘피노어와 함께 첨벙거리며 물놀이하던 작은 폭포가 눈앞에 나타났다. 바위틈으로 강물이 철썩철썩 흘러 웅덩이 속으로, 그리고 땅속으로 이어지는 깊은 틈새로 흘러들고 있었다. 괴물에게서 벗어나려면 강을 건너야 했다. 분명한 점은 저 괴물이 클레이보다 바위를 오르는 솜씨가 좋으리라는 사실이었다.

마지막 희망은 강을 가로질러 쓰러진 나무였다. 하지만 저 나무에서 떨어진다면 그대로 바위에서 떨어져 구덩이 속, 끝없는 어둠으로 떨어질 것 같았다.

클레이는 아슬아슬하게 외나무다리 위를 걸었다. 폭포에서 물보라가 일어 미끄러웠다. 게다가 바위들 사이에 간신히 걸쳐져 있느라 흔들리기까지 했다. 클레이는 서커스 단원처럼 양팔을 옆으로 쭉 뻗었다. 그렇게 한 발을 다른 발 앞으로 가져간 순간이었다.

등 뒤에 있던 괴물이 클레이에게 덤벼들었다.

발톱이 몸을 할퀴자마자, 클레이는 물속으로 떨어져 버렸다.

풍덩!

잠깐이었지만 아무것도 보이지 않았다. 차가운 물이 온몸을 충격에 빠뜨렸다. 팔을 뻗어 힘겹게 바위를 붙잡았다.

눈을 뜨자, 클레이는 목까지 물에 잠긴 채 외나무다리의 저쪽 끝으로 가 있었다. 나무다리 위를 스르르 기어 온 웜이 클레이를 내려다보며 씩 웃었다. 그러더니 머리통을 잡아챌 기세로 갈고리발톱을 들고 입을 떡 벌렸다.

클레이는 비틀거리며 한 발, 두 발, 뒷걸음쳤다. 사방에서 세차게 흐르는 강물이 클레이를 점점 더 괴물과 폭포 쪽으로 밀어냈다. 웜이 혀로 쩍쩍대며 징그러운 소리를 냈다.

그 순간, 눈앞에 새하얀 줄무늬가 지나갔다. 엘피노어였다. 괴물의 관심을 돌리려고 거세게 짖으며 달려 나온 것이다.

웜이 몸을 돌렸다. 그러더니 오랜 적인 엘피노어에게 쉭 소리를 내며 발톱을 휘둘렀다. 엘피노어는 발톱을 피했다. 귀를 뒤로 완전히 눕히고 날카로운 눈빛으로 이빨을 드러낸 채 웜에게 덤벼들었다. 클레이가 처음 보는 모습이었다. 솔직히 말하면, 지금의 엘피노어는 너무 무서웠다.

엘피노어가 괴물의 목을 콱 물었다. 하지만 그 대가는 엄청났다. 웜이 몸을 꿈틀거리더니 발톱을 휘둘러 개의 허리께에 커다란 상처를 세 개나 낸 것이다.

엘피노어는 바닥을 굴렀지만, 곧 다시 일어나 다시 한번 공격하려고 몸을 웅크렸다.

에이모스가 부리로 기묘하고 으스스한 울음소리를 내며 달려갔다.

조그만 개와 거대한 도마뱀. 두 마법적 존재가 외나무다리 위에 서로를 마주하고 섰다. 엘피노어의 상처에서 피가 울컥 솟아 새하얀 털을 붉게 적셨다.

이제 엘피노어는 자신이 이길 수 없음을 알았다. 이 웜은 너무 나이가 많고, 너무 지혜롭고, 너무 강했다. 이런 괴물과 겨루어 이기려면 엘프하운드가 스무 마리, 한 떼는 필요했다. 엘피노어는 그저 한 마리 엘프하운드일 뿐이었다.

하지만 엘피노어에게는 해야 할 일이 있었다. 또, 사랑하는 이를 위해 목숨을 바치는 건 그만한 가치가 있는 일이었다.

엘피노어는 늙은 웜의 눈을 똑바로 마주 보았다. 그 눈 속에 비치는 건 오로지 굶주림과 악의뿐이었다.

그때, 인간 아이가 올빼미 머리를 한 친구에게 뭐라고 외치는 소리가 들렸다. 하지만 엘피노어는 그 말을 알아들을 수 없었기에, 두 아이의 계획 역시 알 수 없었다.

엘피노어는 공격 준비를 마쳤다.

죽을 준비를, 마쳤다.

다음 순간 클레이가 뒤에서 엘피노어의 목걸이를 붙잡았고…… 동시에 에이모스가 바위에 걸쳐 있던 외나무다리를 힘껏 밀어 폭포 아래로 던져 버렸다.

엘피노어가 옆으로 고꾸라지면서 물속, 클레이의 몸 위로 굴러떨어졌다.

하지만 그보다 중요한 것은, 충격으로 눈을 휘둥그레 뜬 웜이 외나무다리에 여전히 꼬리를 휘감은 채 폭포 속으로 떨어져 버렸다는 것이다. 웜의 몸이 바위에 부딪혔다. 그렇게 웜은 시커먼 심연 속으로 사라졌고, 그 위로 물이 콸콸 쏟아져 내렸다.

햇빛이 비치는 수면 위, 클레이는 발버둥 치는 개를 꼭 안았다. 둘 다 흠뻑 젖어 있었다.

"괜찮아, 괜찮아, 엘피노어. 내가 있잖아."

엘피노어는 기슭 쪽으로 발을 내저었다.

클레이는 미끌미끌한 돌 위를 힘겹게 걸어 강기슭으로 갔다. 우선 에이모스의 품에 개를 안겨 주었다. 엘피노어부터 마른 땅에 내려놓은 뒤에야 에이모스가 클레이에게 손을 내밀었다.

개는 다리를 절뚝이며 폭포로 다가가 아래를 내려다보았다. 소용돌이치는 물속에 웜은 흔적조차 보이지 않았다.

얼어붙을 듯 차가운 강에서 빠져나오자마자, 클레이는 괴물의 발톱이 옆구리에 남긴 상처를 느낄 수 있었다. 웃옷을 적실 정도로 심하게 피가 나오고 있었다. 게다가 발목을 삔 채로 뛴 탓에 무릎 아래가 온통 욱신욱신할 정도로 아팠다.

클레이가 절뚝거리며 바위에 걸터앉아 말했다.

"고마워, 에이모스."

"네 아이디어였잖아. 네가 죽지 않아서 다행이야."

"그리고 엘피노어도."

클레이가 손을 뻗어 엘피노어의 머리를 긁어 주었다.

에이모스는 묘하게 딱딱한 특유의 말투로 말했다.

"맹세코, 엘피노어는 정말로 착한 개가 틀림없어."

엘피노어가 힘겹게 숨을 몰아쉬었다. 뒷다리를 움직일 수 없었다. 엘피노어는 상처가 더 심해지지 않도록 한쪽 다리를 땅에 닿지 않게 들었다.

"둘 다 심한 상처를 입었어."

에이모스가 말했다.

"맞아. 아빠의 금속 탐지기도 망가뜨리고 말았어. 게다가 이렇게 상처투성이가 된 걸 보면, 부모님이 다시는 숲에 못 오게 할 거야. 내가 곰한테 당한 줄 알걸."

에이모스는 엘피노어의 다리와 허리께를 살펴보았다. 흘러내린 피가 우유처럼 하얀 털을 물들이고, 물과 뒤섞여 바위 위에 웅덩이를 만들며 뚝뚝 떨어졌다. 개가 움직일 때마다 상처에서 피가 솟구쳤다. 숨도 더 가빠졌다.

"엘피노어는 피를 너무 많이 흘려서 이제 집으로 돌아갈 수 없어. 죽음이 다가오고 있어."

에이모스의 말에 클레이는 가슴이 꽉 조여 들었다.

"아니야, 앤 괜찮을 거야. 분명 괜찮을 거라고."

클레이가 엘피노어의 머리에 손을 얹었다.

올빼미 소년은 마치 진실 그 자체처럼 눈도 깜빡이지 않고 클레이를 바라보며 말했다.

"클레이 형제, 이 정도로 출혈이 심하면 죽을 거야."

"아니라고!"

클레이가 외쳤다.

"맞아."

에이모스는 그렇게 말한 뒤, 엘피노어의 상처를 살펴보며 잠시 생각에 잠겼다. 그러더니 캄캄한 숲속을 가리켰다.

"둘 다 나를 따라와. 우리 마을로 가자. 그곳에서 엘피노어를 치료할 수 있어."

"정말?"

"그래. 그렇게 해 보자. 대신 어르신들이 화낼 건 감수해야겠지."

에이모스가 깃털투성이 머리를 주억거렸다.

"이제 가자. 가서 도와 달라고 하자."

엘피노어는 에이모스가 가리키는 곳으로 달려가려 애썼지만, 상처가 너무 심해 걸을 수조차 없었다. 한 걸음 디딜 때마다 온몸이 꿈틀거렸다.

"안고 가야 할 것 같아. 이러다 기절하겠어."

"그래."

에이모스도 클레이 말에 동의했다.

개가 앉더니 고통스러운 표정으로 클레이를 올려다보았다. 개의 눈 속에는 감당하기 힘들 정도의 믿음이 담겨 있었다.

클레이는 엘피노어 옆에 무릎을 꿇고 앉았다. 갈기갈기 찢어진 긴 팔 티셔츠를 벗은 다음, 더 이상 피가 나지 않도록 개의 상처에 대고 꽉 묶었다. 그 뒤에 개를 안아 들자, 근육이 움직이면서 아픔을 느낀 개가 새된 신음을 냈다.

"안 돼. 내가 안을게. 너도 피가 많이 나잖아."

올빼미 소년이 말했다.

덩치가 작은 에이모스에게는 개가 너무 무거웠다. 그 무게 때문에 에이모스는 뒤뚱뒤뚱 걸었다.

"괜찮겠어?"

"죽음이 진짜인 것처럼, 내가 괜찮다는 것도 진짜야. 너희 둘이 무 사하길 바라는 마음도 진짜고."

두 아이는 무거운 개를 안고 절뚝거리며 마법이 지배하는 숲으로 돌아왔다. 그렇게 아이들은 올빼미 머리 사람들의 마을로 나아갔다.

땅속 아주 깊고 깊은 곳, 웜은 엉켜 있던 몸을 풀었다.

마침내 거대한 산 아래 동굴로 돌아왔다. 고향으로. 여기서 새끼들을 찾을 것이다. 다시는 새끼들과 헤어지지 않을 것이다.

웜은 익숙한 버섯 냄새와 곰팡내에 한껏 취한 채 스르르 앞으로 나아갔다.

12장

　숲속을 걷는 시간이 영원처럼 느껴졌다. 클레이는 한 걸음 한 걸음이 고통스러웠다. 발목을 삔 아픔과 옆구리 상처의 통증까지. 입고 있는 반바지는 클레이가 흘린 피로 한쪽이 푹 젖을 지경이었다.

　엘피노어는 에이모스의 품에 축 늘어져 밭은 숨을 할딱거렸다. 중간중간 아픈 듯 낑낑거리기도 했다. 개는 도와주기를 기다리는 것처럼 클레이를 바라보았다. 그 눈빛에 클레이는 가슴이 미어지는 것 같았다. 엘피노어의 몸에서 힘이 점점 빠지고 있었다. 얼마나 더 버틸 수 있을지 알 수 없었다.

　아이들은 검은 자작나무 숲을 통과하고, 거대한 흰 소나무 숲 옆을 지났다. 디디는 걸음걸음이 고통스러운 지금, 숲을 걷는 건 꼭 악몽 속을 헤매는 것과 같았다. 클레이는 이제 어디로 가고 있는지조차 알 수 없었다. 에이모스가 이끄는 대로 따라갈 뿐이었다. 그저 어떻게든 앞으로 나가는 데 집중하려 애썼다.

에이모스가 잠시 쉬어 가려고 엘피노어를 내려놓자, 개는 비틀비틀 원을 그리며 걸으려 했다.

"안 돼! 엘피노어를 내려놓지 마!"

클레이의 말에 에이모스가 대답했다.

"잠깐이지만 내려놓는 수밖에 없어. 조금만 있다가 다시 안을게."

클레이는 엘피노어를 대신 안고 싶었지만, 그러면 안 된다는 걸 알았다.

아이들은 또다시 힘겹게 마법의 숲속으로 걸음을 옮겼고, 마침내 올빼미 머리 마을의 지붕과 탑이 보이는 곳에 도착했다. 여름 강에서 물레방아가 느릿느릿 돌아가고 있었다. 보닛이며 모자를 쓴 올빼미 머리 사람들이 각자 할 일을 하며 거리를 돌아다녔다.

두 아이가 나타나자, 사방에서 올빼미 울음소리가 퍼졌다. 아마 경고하는 소리겠지. 집 안에 있던 올빼미 머리 사람들이 현관이나 돌계단으로 나와 말없이 아이들을 지켜보았다. 고요한 군중 속에서 클레이와 에이모스는 먼지투성이 거리를 비틀비틀 걸었다.

'개를 안고 가는 거라도 도와주면 좋을 텐데.'

잔뜩 짜증이 난 클레이는 그렇게 생각했다.

헐렁한 검은 드레스를 입고 검은 보닛을 쓴 여자가 앞으로 성큼 나섰다. 에이모스는 그 여자를 보자마자 걸음을 멈추고 머리를 숙여 인사했다. 여자가 다가와 클레이에게 말했다.

"나는 헤스터 자매라고 한다."

그러더니 옆에 있던 남자를 가리키며 말을 이었다.

"이쪽은 모데나이 형제. 우리 둘은 이 마을의 가장 큰 어른이지. 우리는 너희를 환영하……."

"고맙습니다. 우선 가장 큰 문제는……."

"……지 않는다는 말을 전하고 싶구나."

헤스터 자매의 부리는 매섭고 잔혹했다.

"널 이곳에 데려온 어린 에이모스도 벌을 받게 될 것이다."

"안 돼요!"

예의를 차리기엔, 클레이는 너무 지친 상태였다.

"그러지 마세요. 에이모스는 그저 제 개를 구해 주려 한 거란 말이에요."

"따라오너라."

모데나이 형제가 말했다.

올빼미 머리 마을의 큰어른들은 앞장서서 거리를 걸었다. 아이들이 뒤따르자, 올빼미 머리 사람들이 동시에 고개를 빙그르르 돌려 쳐다보았다. 두 어른이 다다른 곳은 꼭 약재상처럼 생긴 집이었다. 하나뿐인 방 천장에는 약초 묶음이 매달려 있고, 선반에는 알 수 없는 액체가 든 항아리와 통이 그득했다. 의사처럼 보이는 깡마른 올빼미 머리 여자가 에이모스의 품에서 개를 사뿐 받아 나무 진료대에 눕혔다.

"어린 에이모스, 어떤 짐승이 이런 짓을 했니?"

의사는 개에게 붕대 삼아 둘둘 감아 둔 피 묻은 티셔츠를 풀어내고 상처를 확인하며 물었다.

"윔이었어요."

그 말에 의사가 고개를 끄덕였다.

"상처가 깊구나."

의사가 약장으로 가더니, 몇 주 전 클레이가 훔친 것과 비슷하게 생긴 통을 꺼내 왔다. 의사는 가루가 담긴 통을 몇 번 흔들어 끈끈한 고약을 만들었다. 그러고는 엘피노어를 안심시키려 입으로 쯧쯧 소리를 내며 고약을 상처에 조심조심 발랐다.

올빼미 머리 마을의 두 큰어른은 그 모습을 지켜보았다.

의사는 말없이 클레이 옆으로 다가왔다. 아이의 한쪽 팔을 들어 올리더니, 윔이 발톱으로 옆구리에 남긴 상처를 살펴보았다. 의사의 손길은 친절했지만, 올빼미 부리가 옆구리에 너무 바짝 다가와 있다는 생각에 클레이는 불안했다. 의사가 옆구리에 연고를 발라 주었다. 그 다음에는 무릎을 꿇고 앉아 발목을 꾹 눌렀다. 클레이가 너무 아파서 움찔하자, 의사는 클레이의 얼굴을 보았다.

그러더니 마치 클레이가 이 자리에 없다는 듯이 올빼미 머리 큰어른들을 보며 말했다.

"인간 머리가 달린 이들은 꼭 상대방이 입 모양을 읽을 수 있기라도 한 것처럼, 감정을 입으로 다 드러내는 경향이 있답니다."

의사는 양손 엄지로 클레이의 다리 이곳저곳을 계속 눌렀다.

"이 발목은 치료법이 딱히 없어요. 성장 연고를 바르면 피부가 딱딱해지고, 뼈에서 혹과 가지가 자랄 테니까요. 이 인간 머리 아이의 아픔을 좀 덜어 주고 발목에 부목을 대 줄 수는 있겠지만, 저절로 낫게 두어야 해요."

의사는 손을 바삐 놀려 클레이의 다리를 처치했다.

몇 분 뒤, 벌어진 옆구리 상처가 붙으면서 딱지가 생기는 게 느껴졌다. 클레이가 '슈퍼 영양제'라고 불렀던 마법 가루가 정말 마법을 부리고 있었다. 엘피노어를 내려다보았다. 개는 상체를 반쯤 들어 올려 뒷다리를 신기한 듯 쳐다보았다. 웜의 발톱에 당한 깊은 상처 위로 분홍빛 살이 다시 차오르고 있었다.

의사는 클레이의 발목에 쥐 가죽과 자작나무 껍질로 만든 부목을 고정해 주었다.

"할 수 있는 건 다 했습니다."

의사가 일어나서 그렇게 말한 다음, 방 안쪽으로 걸어가 나무 의자에 앉았다. 그리고 동작을 완전히 멈췄다.

헤스터 자매는 아무 말 없이 약재상 문을 열었다. 엘피노어가 힘겹게 일어섰다. 모데나이 형제가 개를 진료대에서 바닥으로 내려 주었다. 그러자 개는 세 다리로 절뚝거리며 문을 나섰다. 벌써 아까보다 훨씬 나은 것 같았다.

두 어른은 두 아이와 개를 거리 끝 예배당 건물로 데려갔다. 거리에 나와 있는 사람은 아무도 없었다. 마을 전체가 꼭 텅 빈 것 같았다.

147

여름 해가 내리쬐는 날씨에, 예배당 안은 덥고 답답했다. 무척이나 소박한 공간이었다. 파리 세 마리가 창가를 맴돌고 있었다.

클레이는 에이모스가 서 있는 자세를 보고, 지금 자신들이 엄청나게 곤란한 상황에 처했다는 사실을 알 수 있었다.

헤스터 자매가 입을 열었다.

"인간 머리를 한 소년이여, 너를 이 마을에서 추방한다. 영영 돌아오려 하지 말도록. 다시 한번 이곳을 찾아온다면 네 집에 저주를 내릴 것이다."

모데나이 형제도 말했다.

"어린 에이모스, 네게는 회초리로 스물다섯 대 맞는 벌을 주겠다. 가을 추수철까지는 이 마을을 벗어날 수 없다."

"하지만 에이모스는 제 친구인걸요!"

클레이가 항의했다.

그러자 올빼미 머리를 한 두 어른이 고개를 스윽 돌려 클레이를 노려보았다.

"인간 머리를 한 자들은 결코 우리와 오랫동안 친구로 지내지 못한다. 너희는 우리를 배신하고 말 테니까."

헤스터 자매가 말했다.

"그래도 그런 벌을 주시면 안 되죠! 에이모스는 엘피노어와 제 목숨을 구해 주려고 여기로 데려온 것뿐이라고요!"

"에이모스의 죄는 단지 널 여기로 데려온 것만이 아니다. 너와 친구가 된 것 자체가 죄였던 거다."

모데나이 형제가 말했다.

클레이는 또 한 번 항의하려 했지만, 어차피 아무 소용 없다는 사실을 깨달았다. 예스러운 양복을 갖추어 입었어도, 두 어른은 한밤중 사냥하는 포식 동물이 지닌 야생의 눈빛을 하고 있었다.

"친구에게 작별 인사를 하려무나, 어린 에이모스. 다시는 만나지 못할 테니까."

헤스터 자매가 말했다.

올빼미 소년 에이모스는 바들바들 떨며 클레이에게 한 손을 내밀었다.

"잘 가, 클레이 형제."

클레이는 에이모스의 손을 잡고 흔들었다. 꼭 어른들이 하는 악수 같았다. 어린애가 아니라, 다 큰 남자가 된 것 같았다.

"넌 정말 멋진 녀석이야."

그렇게 말하자마자 자신을 빤히 보는 육식 새들 때문에 클레이는 스스로가 한심하게 느껴졌다.

벌써 친구가 그리웠다. 예배당에서 쫓겨 나와 걷는 동안, 온 여름이 서서히 바스러져 사라지는 것 같았다.

지팡이를 짚은 조용한 올빼미 머리 남자 하나가 클레이를 익숙한 숲속 오솔길까지 데려다주었다. 허리께에 난 상처가 아물어 간다는 사실에 한껏 기분이 좋아진 엘피노어가 옆에서 촐랑촐랑 따라왔다.

웜의 발톱이 남긴 세 개의 분홍색 줄무늬는 이제 흐릿해졌다. 주변으로 새 털도 나기 시작했다.

길고 아름다운 여름, 마법에 걸린 숲, 수수께끼의 산, 에이모스와 함께 했던 별것 아닌 놀이들, 둥글게 늘어선 바위에서 뛰어내리던 일……. 모든 게 완벽했다. 그런데…… 이제 모든 게 사라지고 있었다.

클레이는 다시 가족들과 집에 틀어박혀 지내야 할 것이다. 또, 에이모스는 회초리로 두들겨 맞을 테지. 그 무시무시한 올빼미 얼굴들이 에이모스에게 고함을 질러 대겠지. 클레이가 해 줄 수 있는 일은 아무것도 없었다.

올빼미 머리 남자가 말없이 저쪽을 가리켰다. 어느새 클레이는 집으로 가는 오솔길 위에 있었다. 클레이는 끔찍한 기분으로 친구 에이모스를 영영 등진 채 걸었다.

더 최악인 건, 금속 탐지기가 없어졌다는 사실을 아빠가 하루 만에 알아차렸다는 점이었다.

"그건 내 물건이 아니야, 마을 물건이라고! 게렌퍼드 금속 탐지기란 말이다! 아빠가 얼마나 곤란해질지 모르겠니? 새것을 살 2백 달러는 또 어디서 나오겠냐? 게다가 이 녀석아, 다리에 매달고 있는 그건 대체 뭐냐?"

외출 금지. 클레이는 외출 금지라는 벌을 받았다. 아빠에게 금속 탐지기값을 다 갚기 전까지는 숲으로 산책조차 갈 수 없었다. 하지만 클레이에게는 돈을 벌 방법이 전혀 없었다.

우중충한 하늘은 내리 며칠이나 비를 뿌렸다. 클레이는 집 안에서만 지냈다. 개는 심심해했다. 다시 모험을 꿈꾸는 것처럼, 산아래 왕국 사람들과 수정처럼 투명한 숲속을 돌아다니고 싶은 것처럼 이 방 저 방을 돌아다녔다. 매일 아침 클레이가 오줌을 누이려고 바깥으로 데리고 가면, 개는 오솔길이 시작되는 곳으로 경중경중 달려가 따라오라는 눈빛으로 뒤돌아보았다.

하지만 클레이가 다시 집 안으로 들어가면, 엘피노어도 꼬리를 축 내리고 감옥으로 돌아가는 것처럼 따라 들어왔다.

모든 게 엉망이어서, 클레이는 고함이라도 지르고 싶은 심정이었다.

13장

여름이 되자 게렌퍼드의 들판과 목초지가 뜨겁게 달아올랐다. 소 떼마저 더위를 먹는 날씨였다. 오브라이언 가족의 집 앞으로 차가 지나가면 꽁무니에 금빛 먼지가 아지랑이처럼 남았다. 방이란 방에서는 밤낮 가리지 않고 선풍기가 돌아가고 있었지만, 그래 봐야 뜨거운 바람만 나올 뿐이었다. 소파나 안락의자에 앉으면 인형 탈을 쓰고 땀을 뻘뻘 흘리는 기분이었다.

날씨가 하도 더워서 시간도 꿀처럼 느리고 끈끈하게 흘러가는 것 같았다. 시간을 보내기 가장 좋은 방법은 멍청한 파리들이 유리창에 부딪히는 횟수를 세는 일이었다. 바이러스가 퍼진 첫해에는 "여름이 영원히 끝나지 않을 거야!"라는 아름다운 문장조차 끔찍하게 우울해 보였다. "여름이 영원히 끝나지 않을 거야……." 마치 저주처럼, 앞으로 영원히 모든 것이 멈춰 있을 거라는 예언처럼.

이렇게 더운 계절에 온 가족이 한집에 갇혀 있자니, 짜증이 한층
더 솟구쳤다. 주니퍼만 빼고.

"디로시 언니."

주니퍼가 명랑하게 말을 걸었다.

"언니가 아침 먹은 그릇 내가 치웠어. 그러니까 언니는 안 치워도
괜찮아!"

그러자 디로시는 고래고래 소리를 질렀다.

"그만 좀 해! 나 대신 아무것도 치우지 말라고!"

"진심이니, 디로시?"

엄마가 말했다.

"아침 먹은 그릇을 동생이 대신 치워 주는 게 싫어? 정말 네가 직
접 치우고 싶은 거니? 그럼 어제는 왜 안 치웠니? 또 그저께는!"

"네!"

디로시는 자기가 말도 안 되는 소리를 한다는 걸 알면서도 외쳤다.

"그래요, 전 될 수 있는 한 많은 그릇을 치우고 싶다고요!"

"얘들아."

엄마가 입을 열었다.

"우리 모두 집에서 꼼짝 못 하고 있잖니. 그러니 싸워서는 안 돼. 함
께 뭔가 재미있는 일을 하자. 모두 마당에 모여서 게임을 하자꾸나."

오브라이언 가족은 모노폴리 게임을 했다. 게임은 평생 끝나지 않
을 것 같았다.

주니퍼가 게임판 위 좋은 땅을 전부 사서 나란히 늘어놓는 사이, 클레이는 개에게 이것저것 던져 주느라 자리를 들락날락하는 바람에 자꾸 자기 차례를 잊어버렸고 디로시는 단단히 성이 났다. 디로시 친구 중에는 열여섯 살이라서 운전할 수 있는 친구도 있었다. 전 세계에 퍼진 이 한심한 전염병만 아니라면, 사방에서 선풍기가 털털 돌아가는 이 푹푹 찌는 집에 갇혀서 같이 놀자고 졸졸 따라다니는 어린 여동생한테 시달리는 대신, 친구들과 마을 연못에서 물놀이하고 있었을 텐데.

아무도 디로시의 마음을 몰랐다. 그게 디로시가 가진 가장 큰 불만이었다. 아빠는 늘 일하느라 바빴다. 엄마한테는 정원이 있었다. 주니퍼는 가족이 함께 있다면 뭘 하건 행복해했다. 그리고 클레이는 개를 발견했다. 아무리 클레이가 외출을 영영 금지당했다 해도, 남동생이 마당에서 개에게 공을 던져 주거나 현관에 앉아 개에게 뭐라고 속삭이는 모습을 보면 디로시는 질투가 났다. 클레이 옆에는 진정한 친구가 있었으니까. 그러니 클레이가 어째서 매일 죽상을 짓는지 디로시는 도저히 모를 노릇이었다.

인터넷에 접속할 때를 빼면 디로시는 늘 혼자였다. 디로시와 친구들은 서로 영상 통화를 걸어 모든 게 따분하고 한심하다고 불평하거나, 온라인 세상에서 만나서는 해변 리조트에 출몰한 좀비를 날려 버리며 스트레스를 풀었다.

디로시는 가족 중 누구도 자신을 조금도 이해하지 못한다고 결론 내렸다.

디로시는 모노폴리 게임판을 내려다보았다. 이 게임은 앞으로 일곱 시간, 여덟 시간은 더 이어질 것이다. 그러다 결국 주니퍼가 이기겠지. 디로시는 가족 모두와 집 안에 갇혀 있는 게 지긋지긋했다.

"정말 잘하는구나, 주니퍼!"

엄마가 말하자, 주니퍼는 미소를 지었다.

"이기면 언니에게 돈을 다 줄게. 언니가 원한다면."

그 말에 지푸라기같이 위태롭던 디로시의 인내심이 결국 무너졌다. 디로시는 벌떡 일어났다.

"주니퍼, 가짜 돈 따위 필요 없어!"

그러면서 탁자 위를 주먹으로 쾅 두드렸다.

"가짜잖아! 전부 다 가짜라고! 스포츠카나 신발 모양 말을 하나씩 차지하고 게임판 위를 끝없이 뱅뱅 도는 게 다잖아!"

디로시가 게임판 모서리를 잡고 탁자에서 끌어 내렸다. 여닫이로 된 게임판을 탈탈 털자, 색색의 가짜 돈이 휘날리고 금속으로 된 게임 부품들이 바닥에 떨어졌다.

주니퍼와 클레이의 얼굴에 충격받은 표정이 떠오르자, 디로시는 만족했다.

그리고…… 디로시는 자기가 울고 있다는 걸 깨달았다. 왜 우는지는 설명할 수 없었다. 그래서 흐느끼며 이렇게 말했다.

"파크 플레이스는 내가 사고 싶었단 말이야."

디로시는 집 안으로 달려가 계단을 올라갔다. 그리고 자기 방에 들어가 버렸다. 창가에서 선풍기가 돌아가고 있지만 그래도 너무 더웠다. 침대에 누웠다. 침대는 더 뜨거웠다. 햇빛을 가리려고 블라인드를 모조리 내렸다.

디로시는 몇 시간이나 침대에 누워 일어나지 않았다. 식구들이 다들 자기를 걱정했으면 했다. 위층에 올라와 "무슨 일이야?" 하고 묻는다면, 그래서 디로시가 속마음을 털어놓는다면 엄마는 말하겠지.

"몰랐어, 디로시. 당연히 친구들을 만나러 가야지."

감염될지 모른다며 유난을 떠는 대신에 말이다.

디로시는 핸드폰으로 이것저것 하며 시간을 보냈다. 물고기가 다른 물고기를 잡아먹는 영상이나 가수들에 대한 소문을 알려 주는 영상도 보았다. 하지만 뭘 보든 결국은 이 병 때문에 얼마나 많은 사람들이 죽었는지, 얼마나 많은 사람들이 일자리를 잃었는지 하는 뉴스를 마주하게 됐다.

그때, 누군가 조심스레 문을 두드렸다. 디로시는 무시했다. 무슨 일인지 궁금하면 먼저 물어보겠지.

"누나, 나 클레이야."

"들어와."

클레이가 들어와서 문을 닫았다.

"이 방 진짜 덥다."

"그건 기후 위기 때문이야. 이 집 식구들 중에 생각이라는 걸 하는 사람은 나뿐이지만."

디로시의 소굴에 들어온 클레이는 불편한 기색이었다. 잘됐다.

클레이가 입을 열었다.

"엄마도 노력하고 있어. 우리 모두 이 집에 갇힌 건 똑같은데……."

"넌 갇혀 있어도 아무 상관 없잖아!"

디로시는 클레이를 비난하기 시작했다.

"개랑 같이, 개처럼 즐겁게 지내고 있잖아."

"그냥……."

클레이가 말을 이었다.

"엄마는 우리가 잘 지낼 수 있게 해 주려고 최선을 다하고 계셔."

디로시는 동생을 노려보았다. 그 눈길에 클레이가 어쩔 줄 몰라 하며 방을 나가 버렸으면 했다.

"그래서?"

디로시는 할 수 있는 만큼 못된 말투로 물었다.

결국 클레이도 본론을 이야기했다.

"엄마가 그러는데, 오늘은 누나가 점심 준비를 도와줄 차례래."

디로시는 클레이에게 "악!" 하고 소리를 지른 다음 동생을 밀치고 나와 버렸다. 이 집을 다이너마이트로 날려 버리고 싶었다. 문을 열고 나가 숲속으로 달려갔다.

더 짜증 나는 건, 클레이가 기르는 멍청한 개가 신이 나서 펄쩍펄쩍 뛰며 따라온 거였다. 엘피노어는 앞으로 달려 나가더니 오솔길에서 걸음을 멈추고 뒤돌아보았다. 꼭 디로시가 달려와 같이 놀아 주기를 기대하는 것 같았다.

그러고 보니, 클레이가 외출 금지를 당한 뒤로 개도 몇 주나 산책하지 못했다. 개는 꼬리를 붕붕 흔들면서 오솔길을 마구 달려갔다가 돌아오길 반복하며 디로시를 어디론가 끌고 갔다. 디로시는 개를 따라 숲속을 달렸다. 낙엽 때문에 자기 발소리가 엄청 크게 나는 것도 불만스러웠다. 바보 같은 낙엽!

개를 따라가다 보니, 여기가 어디인지 알 수 없었다.

'혹시 예전에 본, 둥글게 늘어선 바위 근처인가?'

그렇게 숲속을 달리다 보니, 나무가 우거진 길쭉한 흙무더기가 여러 개 자리 잡은 곳이 나왔다. 흙무더기들 한가운데에 거대한 파란 얼굴 하나가 흙을 뚫고 불쑥 나와 있었다.

'동상인가 봐.'

디로시는 얼굴을 자세히 살펴보려 다가갔다.

그때 파란 얼굴이 번쩍 눈을 뜨더니 디로시를 바라보았다. 디로시는 깜짝 놀라 비틀거렸다.

"다행이다. 그 녀석이 아니구나. 설마 그 녀석보다 골치 아픈 놈은 아닐 테니."

거인의 말에 디로시는 눈을 가늘게 떴다.

"그 녀석이라뇨? 혹시 그 녀석 이름이 클레이예요?"

"그 녀석들 이름을 알아서 뭐 하나? 그러면 우쭐해지기나 하겠지."

"난 클레이의 누나예요."

"아."

거인 버드가 말했디.

"한동안 오지 않길래 죽은 줄 알았다. 너희 조그만 생명체들은 정말 짧게 살다 가잖니. 어쩌면 진짜로 그 녀석이 죽었고, 너더러 나를 찾아가 소식을 알리라는 유언을 남겼는지도 모를 일이지. 헛수고는 하지 마라. 난 눈물 한 방울 안 흘릴 테니까."

"걘 안 죽었어요."

"흠, 다음 기회를 노려야겠군."

"클레이를 싫어하세요?"

"그 녀석이 언제 또 친구를 데리고 찾아와, 폴짝폴짝 뛰거나 쩍쩍거리고 재잘거리며 내 잠을 깨울지 몰라서 도저히 다시 잠들 수가 없거든."

디로시는 클레이의 친구가 대체 누굴까 궁금했다.

그때 엘피노어가 거인의 머리 옆으로 걸어가서는 거인의 귓구멍을 살살 파기 시작했다.

"아이고, 대단하기도 하지. 백만 년간 잠들었던 내 콧구멍을 파서 깨운 녀석이 바로 이놈이야."

디로시는 파란 얼굴에게 잘 보이고 싶었다.

"제 말이요! 얘 정말 짜증 나요. 뭐가 그렇게 행복한지."

"걱정 마라. 이 녀석의 기쁨은 머지않아 끝나고, 땅속에서 썩어 갈

160

테니까."

거인은 한숨을 한 번 쉰 뒤 덧붙였다.

"너랑 마찬가지로 말이지."

"그쪽은요?"

그러자 거인이 대답했다.

"시간이 내 저주야. 10억 년의 삶 중 남은 시간은, 잠들어 있느라 흘려보낸 나날들을 한탄하며 보낼 작정이었어."

거인이 콧등을 찡그리고 코를 훌쩍였다.

"이토록 긴 세월을 잃어버렸다는 생각만 해도 눈을 감고 다시는 잠에서 깨고 싶지 않아. 이제는 도저히 삶을 마주 볼 수가 없구나."

디로시는 분명 이 논리에 허점이 있다 생각했지만, 지금은 그 문제를 건드릴 때가 아니라고 판단했다. 아무래도 상관없었다. 거인은 아주 특이한 성격이었다. 디로시의 머릿속에 시무룩하고 불행한 거인에게 잘 보이고 싶다는 생각이 가득 차올랐다.

"무슨 말인지 '완전히' 이해돼요. 우리 정말 비슷하네요."

"난 그 누구와도 다르다. 난 철저히 혼자야. 이 세계에 갇혀 있지."

"맞아요."

디로시는 맞장구친 뒤 낙엽 위에 책상다리를 하고 앉았다. 드디어 자기 마음을 이해해 주는 존재가 나타났다.

그날 오후, 숲에서 돌아온 디로시는 평소보다 조금 더 행복해 보였다. 심지어 엘피노어의 머리를 쓰다듬고 간식을 주기까지 했다.

그 뒤로 며칠간, 오브라이언 가족은 디로시에게 일어난 묘한 변화를 알아차렸다. 디로시가 엘피노어를 데리고 산책하러 나가는 시간을 손꼽아 기다리는 것 같았다. 클레이는 질투가 났지만, 그래도 개에게 운동이 필요하다는 건 알았다.

디로시는 개를 산책시킬 때 스케치북과 색연필을 챙겼다. 그리고 숲으로 들어가 몇 시간이나 돌아오지 않았다. 엄마가 무슨 그림을 그리느냐고 물어도 디로시는 대답하지 않았는데, 어째서인지 파란 색연필만 전부 몽당연필이 되었다.

또, 자꾸만 유명한 사람이 했음직한 명언을 내뱉었다. 문제는 식구 중 누구도 그 명언의 주인공이 누구인지 모른다는 점이었다. 가족 모두 거실에서 시트콤을 보고 있으면 디로시가 불쑥 나타나 "웃음이란 눈물을 참는 걸 들키고 싶지 않아 내는 소리에 불과해요." 하고 가 버렸다.

아니면 "시간의 강이란! 얼마나 빠르게 흐르는지요. 그 흐름에는 자비가 없답니다."라든지 "한 강물에 두 번 발을 담글 수는 없는 법이에요. 두 번째로 발을 담글 땐 물이 이미 더러워져 있으니까요." 하기도 했다.

주니퍼가 신경을 긁어 대면, 디로시는 여동생의 머리 위로 겁을 주듯 몸을 숙이고 이렇게 말했다.

"꼬마야! 네 키가 작듯이, 인간으로서 네 보잘것없는 삶도 짧디짧단다!"

당연히 그 모든 말은 우울한 거인에게서 들은 것이었다. 디로시는 거인의 얼굴 앞에 웅크리고 앉아 세상이 점점 나빠지고 있다는 투덜거림을 몇 시간씩 들었다. 거인이 지상을 돌아다니던 천만 년 전, 인류가 나타나기 전 세상은 정말 멋졌던 모양이다. 엄청나게 큰 숲, 한없이 너른 바다 그리고 찾아온 얼음의 긴 침묵. 디로시는 자기도 그 시절에 살았으면 정말 좋았을 거라고 생각했다.

학교 친구들은 다들 디로시에게 단단히 질린 지 오래였다. 컴퓨터로 만나 대화를 나눌 때면 디로시는 친구들의 이야기에는 아무런 관심도 없었다. 카일라가 재작년 그로티스 선생님 수업을 같이 들었을 때 정말 재미있었다고 말하자, 디로시는 한숨을 쉬더니 포유류가 등장한 뒤로 재미있는 일이라고는 단 하나도 일어나지 않았다고 말했다. 제드가 얼마 전 월시 연못에 가서 수영했다고 하자, 디로시는 그 보잘것없는 웅덩이는 거대 혜성이 떨어지기 전 플레시오사우루스가 삼엽충과 함께 바다에서 헤엄치던 것에 비하면 아무것도 아니라고 했다.

이제 아무도 디로시를 대화방에 초대하지 않았다.

상관없었다. 친구들은 어차피 한심하니까. 디로시는 몸의 형태가 드러나지 않는 큼직한 옷을 입고 엘피노어와 함께 숲을 돌아다녔다.

언젠가 다시 학교로 돌아갔을 때, 친구들이 자리에 앉아 디로시는 어디 갔는지 궁금해하는 상상을 했다. 그때, 창밖에 우뚝 선 거대한 파란 거인이 보이겠지. 거인의 머리는 진입로 양편에 늘어선 나무들만큼 높이 솟아 있을 것이다. 그리고 디로시는 바로 그 거인의 어깨 위에 앉아 있을 것이다. 전교생이 창가로 달려오거나 문밖으로 쏟아져 나와, 신기해하며 디로시와 거인에게 질문을 퍼붓겠지. 심지어 가장 똑똑한 선생님들도 "디로시가 어떤 신비하고 매혹적인 것들을 보았을지 정말 궁금하구나!"라고 할 거다.

하지만 디로시도 거인도, 아무 대답도 해 주지 않을 것이다. 학교 주차장에서 소리를 질러 대는 한 무리 인간들에게 세상의 비밀을 설명해 보았자 무슨 소용일까?

마지막으로 고향을 향해 서글픈 눈길을 던진 디로시와 거인은 고속 도로로 갈 것이다. 거인의 머리는 구름 위로 둥실 떠오르겠지. 둘은 온 세상을 돌아다니며 세상의 굶주림을 해결할 것이다. 버드가 거대한 쟁기를 끌고 다니면 되니까. 굶주림이 해결되면 다시 북쪽 빙하 어딘가의 동굴을 찾아 떠날 것이다. 그곳에서 겨울은 아주 길고 깜깜한 하룻밤일 것이다. 둘은 모닥불을 피워 놓고 심오한 대화를 나누겠지.

디로시는 매일매일 버드에게 달려가서 이토록 짧고도 긴 시간에 대한 시적이고 비극적인 이야기를 듣고 싶었다. 비가 내리지 않는 아침마다 디로시는 우울한 친구에게 얼른 데려가 달라고 엘프하운드를 재촉했다.

"버드는 어디 있어? 버드를 찾을 수 있겠니?"

그러면 질문을 받고 신이 난 개가 씩 웃으며 숲으로 달려갔다. 디로시는 개를 바짝 따라 달렸다.

디로시가 도착할 때면 버드는 늘 딴 데를 보고 있었다. 하지만 낙엽을 밟으며 달려오는 둘의 발소리는 분명 들렸을 것이다. 버드는 깊은 한숨을 내쉰 뒤, "애야, 이 오솔길은 두 방향으로 이어진단다. 두 방향모두 내게서 멀어지는 방향이지." 같은 말을 할 것이다.

클레이는 이런 일을 까맣게 몰랐다. 요즘 클레이는 아빠 일을 따라다니느라 바빴다. 마을 공용 금속 탐지기를 잃어버린 클레이에게 책임감을 심어 주기 위해 아빠가 시킨 일이었다. 아빠는 클레이와 함께로드 그레이더에 올랐다. 기다란 면도날 같은 것이 달린 중장비였다.둘은 게렌포드의 흙길을 달리면서 울퉁불퉁한 곳이 없도록 길 표면을 깎고 골랐다.

최근 들어 클레이는 왠지 디로시가 뭔가 멋진 걸 발견한 게 아닐까하는 의심이 들기 시작했다. 그게 아니라면 뭔가 위험한 것인지도 모른다. 어떻게 하면 숲의 비밀을 입 밖에 내지 않고 물어볼 수 있을까?

"누나, 요즘 숲에 무슨 괴상한 일이라도 있어?"

"괴상한 거라니, 너 말이야? 넌 바로 여기, 집에 있잖아."

"예를 들어서 처음 보는 마을이나 마법의 탑 같은 거."

"아, 불쌍한 내 동생."

"아니면 파란 거인이라든지."

"진심으로 하는 소리야? 땅에 머리라도 부딪친 건 아니겠지?"

"아니야. 그냥 납작하게 생긴 용 같은 괴물이 옆구리를 할퀴었을 뿐이야. 그래도 거인 탓은 아니었어."

"그것참 희한한 일이네."

디로시는 그렇게 대답한 뒤 자리를 떠나려고 돌아섰다.

"누나, 숲속엔 위험한 것들이 잔뜩 있어. 혹시 올빼미 머리를 가진 사람을 보면 꼭……."

그러자 디로시가 사납게 쏘아붙였다.

"클레이, 숲이 네 거야? 숲에 있는 게 전부 네 거냐고. 넌 꼭 숲에 있는 게 전부 너만의 비밀인 것처럼 굴더라! 게다가 우리한테는 감쪽같이 숨기면서. 그런데 다른 사람들한테도 각자 비밀은 있거든. 알겠어?"

디로시는 그 말만 남기고 쿵쿵 발을 구르며 밖으로 나가 버렸다. 디로시가 엘피노어를 부르는 소리가 들렸다. 클레이가 집 안에서 꼼짝도 못 하는 사이에, 둘은 산책을 나갈 모양이었다.

"안 돼!"

클레이는 계단을 달려 내려오며 소리쳤다.

"오늘은 엘피노어를 데려가지 마. 오늘은 내가 데리고 있을래."

하지만 디로시는 그 말을 들을 생각이 없었다. 일부러 신난다는 목소리로 엘피노어를 보며 말했다.

"산책할래? 산책하고 싶어? 가자, 얼른 이리 와!"

"가지 마, 엘피노어! 나랑 같이 있어!"

클레이가 외쳤지만, 디로시는 짐짓 명랑한 말투로 한 번 더 말했다.

"산책 좋아? 좋아? 좋아?"

당연히 개는 뛸 듯이 기뻐했다. 엘피노어는 마당으로 쌩하니 달려 가 어느새 오솔길을 따라 사라졌다.

"잘했어!"

디로시는 개가 달려간 쪽에 대고 외쳤다. 그 목소리에도, 엘피노어 가 디로시의 연기에 속아 넘어간 것에도 클레이는 정말 화가 났다.

"엘피노어는 내 개라고!"

하지만 벌써 숲 언저리까지 간 디로시는 클레이에게 손 키스를 날 리더니 말했다.

"두 시간 뒤에 돌아올게!"

"엄마!"

클레이가 고래고래 외쳤다.

그런데 클레이가 이 사실을 엄마에게 일러바치러 집 안으로 들어가 는 사이, 디로시를 따라가겠다고 마음먹은 사람이 또 있었다. 동물 인 형들과 현관 앞에 앉아 놀고 있다가 여태까지 두 사람이 한 이야기를 전부 엿들은 주니퍼였다. 주니퍼는 지켜보는 사람이 없는지 살핀 뒤 얼른 언니를 쫓아 달려갔다.

디로시 언니가 어디로 갈지 지켜볼 속셈이었다. 주니퍼는 자기가 언 니의 비밀을 지켜 줄 수 있을 만큼 다 컸다는 사실을 알았다. 주니퍼 는 오솔길을 달리며 둥글게 늘어선 바위에서 언니와 함께 노는 상상 을 했다. 매번 다른 바위로 공을 튕기며 노는 게임을 발명해도 좋을 것 같았다. 하지만 오래지 않아 주니퍼는 숨이 차기 시작했다.

뒤따라오던 여동생이 숨을 몰아쉬는 소리가 디로시 귀에도 들렸다. 주니퍼는 숨바꼭질에 소질이 없었다.

디로시가 돌아서서 소리 질렀다.

"그만 따라와! 집에 가!"

조용한 숲속, 물푸레나무 뒤에서 분홍 반바지를 입은 다리 한쪽이 보였다.

"경고하는 거야! 집에 가라고!"

물푸레나무도, 나무 뒤에 숨은 사람도 꼼짝하지 않았다.

디로시는 성이 나서 오솔길을 쿵쿵거리며 걸었다. 땅에 묻힌, 불행한 파란 거인과 나누는 비밀스러운 우정까지 빼앗긴다니 믿을 수 없었다. 가족 없이는 '아무 데도' 갈 수 없고, '아무것도' 할 수 없었다. 어디를 가든 가족과 함께였다. 항상. 도저히 참을 수가 없었다.

버드가 있는 곳에 도착하자마자 디로시는 이렇게 외쳤다.

"세상에 여동생보다 더 끔찍한 게 있을까요?"

그러면서 주니퍼도 거인의 대답을 듣는 게 아닌지 뒤돌아 두리번거리며 확인했다.

"없지."

거인이 차분하게 대답했다.

"나와 여기 다른 거인들에게 천만 년간 잠드는 저주를 건 것도 내 여동생이었어."

"어린 여동생이야말로 제일 발로 밟아 주고 싶은 존재 아니에요?"

169

"그러려면 내가 자리에서 일어나야 할 테지."

아직도 주니퍼는 오솔길에 모습을 드러내지 않았다. 디로시는 얼른 여동생이 흙에서 불쑥 솟아오른 거인의 파란 얼굴을 보고 겁에 질렸으면 했다. 그러면 디로시는 위대한 버드 앞에 서서 이렇게 외칠 생각이었다.

"이제 알겠니, 주니퍼? 세상엔 네가 이해하지 못하는 것들도 있어! 사라진 세계를 보는 눈! 끝없는 빙하 위로 백만 년 동안 바람이 부는, 모든 게 '죽어 버린' 세계 말이야!"

하지만 주니퍼는 보이지 않았다.

숨바꼭질 실력이 나아진 걸까?

"얼른 나와, 주니퍼."

디로시가 명령했다.

아무 대답도 없었다.

"나오라니까, 주니퍼."

아무도 나타나지 않았다.

거인이 입을 열었다.

"만약 그 아이가 필멸의 존재라면 개를 바짝 따라다녀야 할 거다. 그렇지 않으면 길을 잘못 들어서 숨겨진 장소로 들어가 버리고 말 테니까."

디로시는 그 말을 정확하게 이해하지는 못했다. 하지만 슬슬 걱정이 들기 시작했다. 어쩌면 주니퍼는 숲에서 길을 잃었거나 제 뒤를 따라오지 못한 걸지도 몰랐다.

"1초만 기다려 주세요."

디로시는 거인에게 그렇게 말한 뒤 왔던 오솔길로 다시 달렸다.

"1초라고? 몇 년도 순식간에 흘러가는 법이야."

거인이 혼자 중얼거렸다.

"내가 눈을 깜박이는 사이에 수많은 도시가 먼지가 되어 사라졌지."

디로시는 엘피노어에게 외쳤다.

"주니퍼는 어디 있어? 야, 주니퍼는 어디 있냐고. 주니퍼를 찾아! 주니퍼?"

마치 여동생의 이름을 여러 번 말하기만 해도 개가 그 애를 찾아낼 것처럼 말이다.

디로시는 주니퍼의 이름을 부르며 오솔길을 1킬로미터 가까이 달렸다. 대답은 돌아오지 않았다. 어느새 하늘이 어둑어둑해졌다. 마치 아주 못된 장난을 기다리는 것처럼 숲속은 고요했다.

걱정에 휩싸여 제정신이 아닌 채로, 디로시는 다시 커다란 파란 친구에게로 달려왔다.

"버드! 여동생이 숲에서 사라졌어요."

"이 숲엔 군데군데 시간과 공간의 구멍이 뚫려 있어. 기쁜 소식은······."

거인이 하나도 기쁘지 않은 투로 말을 이었다.

"……분명 그 아이가 다른 숲에서 나타나리라는 점이야. 다른 세계에서 말이지. 최소한 숨 쉴 공기가 부족하지 않은 세계이길 바라자고. 또, 식인 나무들이 너무 많지 않은 세계이기를 말이야."

"좀 도와줘요! 일어나라고요, 제발요! 동생을 찾을 수 있게 도와줘요."

"첫날 밤을 무사히 넘긴다면, 그 아이는 결국 작은 집을 짓겠지. 조그마한 오두막 말이야. 그 세계에서 자라다가 어쩌면 말하는 귀뚜라미와 결혼해 함께 진딧물을 기를지도 모르고."

거기까지 말한 거인이 헛기침했다.

"그냥 추측일 뿐이야."

"그만해요, 버드! 당신이라면 6초 만에 제 동생을 찾을 수 있잖아요! 그렇게 키가 크면서!"

"누워 있는 이도 키가 크다고 말할 수 있을까? 아니, 길이가 길 뿐이지."

"무슨 소린지 알잖아요!"

"내가 키가 크던 시절은 이미 1만 년 전이야. 그동안 줄곧 누워만 있었으니까."

디로시는 숨을 헐떡이며 재촉했다.

"지금이에요, 바로 '지금'이 일어날 때라고요!"

디로시가 두 손을 위로 휘저으며 일어서라는 시늉을 했다.

"아이야, 세계의 슬픔이 너무나 크기에 우리는 일어날 수 없단다.

그렇기에 그저 눈을 감고……."

"눈을 '왜' 감냐고요! 그 크고 한심한 발로 벌떡 일어나면 되잖아
요!"

"찾아다닌다느니, 구한다느니. 그건 나보다 훌륭한 이들이 할 일이
야. 난 그저 이 숲속에 누워, 내 무릎에 자라난 사시나무들이 일으키
는 장엄한 교향곡에 귀를 기울일 운명이라네."

"버드, 지금 당장 일어나요! 우린 친구잖아요!"

그 말을 듣고 버드는 처음으로 입을 다물었다.

디로시는 기다렸다. 이제 일어나겠지. 드디어 일어나려는 거야. 몸
위에 놓인 바위와 흙, 나무를 모두 털어 낼 거야. 그 큰 손바닥에 나
를 올려놓을 거야. 그다음에는 숲속을 성큼성큼 걷겠지. 꼭 필요하다
면 다른 세계로도 건너갈 거고. 마침내 어둠 속, 뒤엉킨 숲속에서 온
갖 짐승들에게 둘러싸인 채 혼자 울고 있는 여동생을 찾아내 손가락
으로 가리킬 거야.

'아니야.'

디로시는 깨달았다. 거인은 일어날 힘을 모으려고 입을 다문 게 아
니었다. 거인은 그저, 우리가 친구가 아니라고 대놓고 말하고 싶지 않
기에, 디로시가 그 사실을 스스로 깨달을 때까지 조용히 기다리는 것
이었다. 버드는 침묵 속에서 디로시가 스스로 답을 찾기를 바라고 있
었다.

디로시가 거인을 험상궂게 노려보았다. 그러나 거인은 무심하게 파

란 하늘을 쳐다보면서 자신이 말하지 않을 모든 것을 디로시가 깨달을 때까지 기다릴 뿐이었다.

디로시는 거인에게 마지막으로 한마디를 남겼다.

"겁쟁이."

그 말을 끝으로, 디로시는 엘피노어를 따라서 왔던 길을 달려갔다.

디로시와 개는 비탈을 오르내리고 작은 개울을 뛰어넘으면서 달렸다. 돌로 만든 커다란 정자도 지나쳤다. 작은 개울 위로 조그마한 다리들이 놓여 있는 습지도 마주쳤다. 달짝지근한 향기를 풍기는 가문비나무와 전나무로 이루어진 검은 숲도 통과했다.

그렇게 둘은 둥글게 늘어선 바위가 있는 곳에 도착했다.

디로시가 숨을 헉헉 몰아쉬었다. 주니퍼는 그곳에 있었고…… 그 옆에 괴물이 서 있었다.

갈색 트위드 양복을 입은 어린아이처럼 생겼지만, 머리가 있어야 할 자리에는 매서운 눈을 가진 올빼미 머리가 달려 있었다.

"내 동생한테서 떨어져!"

디로시가 힘겹게 입을 열었다.

"언니, 얘는 에이모스야."

주니퍼가 말했다.

"공격해!"

디로시가 엘피노어에게 명령했다.

그러나 엘피노어는 공격하는 대신, 꼬리를 신나게 흔들며 올빼미 머리가 달린 소년에게로 갔다. 올빼미 소년이 손을 내밀자 개는 혀를 내밀어 핥았다.

"집에 가, 주니퍼. 만나서 즐거웠어."

올빼미 소년이 말했다.

"넌 누구야?"

디로시가 따지듯 물었다.

"얘는 에이모스라니까."

주니퍼가 한 번 더 알려 주었다.

올빼미 소년이 디로시를 바라보았다.

"하지 전날 밤, 모든 세계로 통하는 문이 열린다고 남동생에게 말해 줘. 걔가 한 번도 본 적 없는 멋진 축제가 열릴 거라고."

"너도 클레이를 알아?"

디로시가 물었지만, 올빼미 소년은 하던 말을 계속했다.

"그날 밤 축제에 오려면 얼굴을 숨길 수 있는 가면을 써야 해. 다만 내가 알아볼 수 있게 빨간 바지를 입고 오라고도 전해 줘. 가면을 쓴 존재들은 여럿 있을 테니까, 걔가 인간 머리인 건 아무도 모를 거야. 내가 그 애를 찾을게. 올빼미는 눈이 좋거든."

올빼미 소년이 주니퍼에게 고개를 숙이자, 주니퍼도 고개를 숙여 인사했다.

"인간 머리 주니퍼, 만나서 정말 즐거웠어."

올빼미 소년은 디로시에게도 고개를 숙였지만, 디로시는 소년을 빤히 쳐다보기만 했다. 소년은 바위 뒤로 걸어가 버렸다.

"집에 가자."

디로시는 그렇게 말하며 손을 내밀었다. 주니피가 달려와 손을 잡았다. 둘은 함께 집으로 돌아갔다.

그날 밤, 디로시는 현관 앞에 모기장을 치고 앉아 클레이에게 올빼미 소년이 한 말을 몰래 전해 주었다. 하지 전날 밤에 축제가 열린다고, 가면을 써서 얼굴을 숨기라고, 대신 네가 클레이라는 걸 알 수 있게 빨간 바지를 입으라고.

"거기서 다른 사람도 만났어?"

클레이가 초조한 듯 물었다.

"응, 멍청한 거인이 있었지."

디로시는 솔직히 말했다.

"버드 말이지? 버드를 보면 좀 맥이 빠져."

"정말 따분하더라."

"꽉 막힌 것 같기도 하고."

"게다가 말할 때마다 잠들어 있었다는 시간이 자꾸 바뀌더라. 백만 년이랬다가, 천만 년이랬다가, 6백만 년이랬다가 말이야."

그러면서 디로시가 눈을 굴렸다. 클레이는 잠시 생각에 잠겼다.

"그럼 누나 생각엔 버드가 그렇게 오랫동안 잠들어 있었다는 게 거짓말인 거 같아?"

"뭐, 알고 보면 지난 1월부터 자기 시작했는지도 모르지. 거인이 하는 말은 믿어선 안 된다잖아."

둘은 아이스크림선디를 만들어 먹으러 안으로 들어갔다. 그사이 깜깜한 마당에서는 반딧불이들이 머나먼 옛날 북극의 밤에 빛나던 별처럼 반짝였다.

14장

하지가 다가왔다. 농장에서 햇빛에 익은 소똥 냄새가 풍겨 와 온 마을을 뒤덮었다. 클레이가 에이모스를 못 만난 지도 3주가 지났다.

이제는 아빠와 함께 온종일 로드 그레이더를 타고 다니는 것도 그리 싫지 않았다. 기계와 트럭이 내는 우렁찬 소리가 좋았다. 눈앞에 펼쳐진 울퉁불퉁한 길이 그레이더가 지나간 뒤 평평해지는 것도 좋았다. 물막이라든지 배수로에 관해 아빠가 설명해 주는 걸 듣는 일도 즐거웠다.

오후가 되어 클레이가 집에 돌아오면 엘피노어가 꼬리를 흔들며 춤을 췄다. 둘은 마당에서 함께 놀았다. 개는 클레이가 돌아오기를 간절히 기다렸다.

'산아래 왕국'의 왕실 엘프하운드였던 시절, 엘피노어는 놀이라고는 할 수 없었다. 사냥 대장이 명령하는 대로 하지 않으면 발길질당했다.

엘피노어를 비롯한 왕실 개들은 아주 진지하고 무자비한 존재로 살아야 했다.

그러니까 정확히는 동물이 아닌 무기로 살아야 했다. 크리스털 숲을 헤치며 웜을 쫓아다니거나, 산꼭대기에 숨어 사는 신성한 백곰을 사냥하거나, 인간으로 변해 여러 세계 사이로 도망 다니는 수사슴에게 으르렁거리는 게 개들이 할 일이었다. 만약 엘피노어가 다람쥐처럼 작고 보잘것없는 것을 쫓아다녔더라면, 왕실에서는 분명 벌을 내렸을 것이다.

지금의 엘피노어는 다람쥐를 쫓아 마당을 가로지르고, 녀석들이 나무를 타고 도망치는 모습을 구경하는 게 좋았다. 그때마다 다람쥐를 잡지 않아도 되어서 행복해진 엘피노어는 기쁘게 짖었다. 다람쥐들이 폴짝 뛰는 모습은 정말 재미있으니까.

클레이는 숲에 들어갈 수 없었기 때문에, 엘피노어를 데리고 산책할 때는 도로를 걸어야 했다. 엘피노어를 통제하기가 쉽지 않아서 숲속 산책보다 더 힘들었다.

흥분한 엘피노어는 다른 집 마당에 뛰어 들어가거나 모르는 집 헛간 주위를 빙글빙글 돌며 코를 킁킁거렸다. 닭이라도 만나면 눈빛에 허기가 깃들었다.

부모님은 개에게 줄을 채워 산책시키라고 클레이에게 주의를 주었다. 길가를 멋대로 뛰어다녀서는 안 되니까. 아빠는 철물점에 들러 엘피노어를 위한 새 목걸이와 줄을 사 왔다. 싸구려 보석과 이상한 기호로 엘피노어의 이름을 새긴 오래된 목걸이에는 줄을 연결할 방법이 없어서였다.

그날 저녁, 클레이의 엄마와 아빠는 목걸이에 관해 이야기를 나누었다.

"철물점 가서 개 목걸이랑 줄 좀 사 왔어."

아빠가 말했다. 그러고는 무릎을 꿇고 앉아 엘피노어가 하고 있던 오래된 목걸이를 풀었다.

"당신은 오늘 뭐 했어?"

"일자리 몇 군데에 지원했어. 하지만 사람 구하는 곳이 없더라. 이제 어떻게 해야 할까? 당신이 일하는데도 돈이 다 떨어져 가. 이 목걸이랑 줄은 얼마짜리였어?"

"20달러."

아빠가 엘피노어의 목에 새 목걸이를 찰칵 채운 뒤, 벗겨 낸 보석 목걸이를 엄마에게 건넸다.

"자, 이건 어쩌지?"

"너무 무겁고 흉측해. 게렌퍼드에 사는 개가 아니라, 베벌리힐스에 사는 개한테나 어울리는 목걸이야."

엄마는 부엌 쓰레기통 뚜껑을 열고 목걸이를 던져 넣었다. 그런 다음 조리대에 몸을 기댄 채 말을 이었다.

"돈을 어떻게 구하지? 배리, 우리한텐 돈이 필요해. 무엇보다 마을 공용 금속 탐지기를 새로 사야 하잖아. 또, 목화나무 때문에 망가진 세탁기도 새로 살 수 있으면 좋겠어."

"방법을 찾아보자고, 여보."

그러면서 아빠는 엄마의 뺨을 매만졌다.

"우린 늘 방법을 찾아내잖아."

엄마와 아빠가 엘피노어의 목걸이를 쓰레기통에 아예 버렸다는 사실을 아무도 클레이에게 말해 주지 않았다. 이틀 뒤, 엄마는 집 안에서 나온 쓰레기들을 바깥에 있는 대형 쓰레기통에 내다 버렸다. 가족 중 누구도 알아차리지 못했다.

클레이는 엘피노어의 새 목걸이가 마음에 들었다. 고급스러운 보라색에 단순하고, 깔끔하고, 우아한 게 엘피노어와 딱 어울렸다. 둘은 위풍당당하게 동네를 산책했다. 때때로 이웃이 클레이를 불러 세운 뒤 개가 무슨 종이냐고 묻기도 했다.

"불가리안 엘프하운드예요."

클레이는 그렇게 대답했다.

그러던 어느 날, 엄마는 클레이가 재활용품 무더기에서 오래된 신문지며 종이 쇼핑백을 잔뜩 꺼내 몰래 지하실로 가져가는 모습을 보았다. 지하실로 내려가 보니, 정원에서 가져온 커다란 철조망 뭉치로 작업실이 꾸려져 있었다.

"뭐 하는 거니?"

"가면을 만들 거예요. 종이 반죽 가면이요."

클레이는 길게 자른 신문지를 접착제에 담갔다가 철사로 빚어 놓은 틀에 발랐다.

"무슨 가면인데?"

"용이요."

"가면을 어디 쓰려고? 전염병 때문에 분장 파티는 이제 아무 데서도 열리지 않을 텐데."

클레이는 엄마의 눈을 피했다. 그저 신문지 조각을 끈끈한 접착제에 담그기만 반복할 뿐이었다.

"그냥…… 언제 가면이 필요할지 모르잖아요."

6월 중순이었다. 1년 중 낮이 가장 긴 날인 하지를 기념하는 오래된 축제가 다가오고 있었다.

옛날 사람들은 하지가 신성한 날이라고 생각했다. 그날 밤에는 다른 세계로 가는 문이 열려서 영혼들이 산과 습지, 돌투성이 해변을 거닌다고 말이다.

게렌포드 토박이들, 그중에서도 리바이의 할아버지 같은 농부들은 하지 전날 밤 숲에 들어가서는 안 된다고 경고했다. 특히 노룸베가산에는 절대 가까이 가서는 안 된다고. 하지에 그 산에서 사라진 사람들이 과거에도 너무 많았다는 것이다. 영리한 사람이라면, 자기 집 농장을 떠나지 말고 모닥불을 피워 핫도그나 구워 먹는 게 좋다고 했다.

디로시는 클레이의 계획을 꿰고 있었다. 지하실로 내려온 디로시가 팔짱을 끼고 섰다.

"숲에서 마법 파티가 열리는 날에 올빼미 머리 소년을 만나러 가려는 거지?"

"부탁이야! 엄마랑 아빠한테는 비밀로 해 줘. 아니면 영원히 에이
모스를 만나지 못한다고."

"말 안 할 거야. 대신 나도 같이 가."

"아, 그건 안 돼. 너무하잖아."

"파티라면 내가 너보다 더 많이 가 봤는걸. 나도 가면을 쓸게. 빨간
바지도 있다고."

클레이는 얼굴을 찌푸린 채 잠시 생각에 잠겼다. 솔직히 말하면, 하
지 전날 밤 노룸베가산을 혼자 오르는 건 조금 무서웠다. 그곳에서 어
떤 존재며 광경 들을 보게 될지 모른다. 디로시가 함께 가도 나쁠 건
없어 보였다. 비록 게임 속이었지만, 디로시는 버섯 인간들과 싸운 적
도 있으니까.

"알았어. 그래도 조심해야 해. 정체를 들키면 올빼미 머리 사람들이
굉장히 화낼 테니까."

클레이의 말에 디로시는 미소를 지었다. 진짜 미소였다.

"좋아. 고마워, 클레이!"

"둘이 지하실에서 뭐 해?"

주니퍼가 마지막 한 계단을 폴짝 뛰어 내려오며 물었다.

"암석 디오라마라도 만들어?"

"용이야. 용 가면. 우린 가면 이야기를 하고 있었어."

클레이와 디로시는 서로 눈빛을 주고받았다. 둘 다 여러 세계를 잇

는 문이 열리는 밤, 주니퍼를 숲속에 데려가는 책임을 떠안고 싶지 않았다.

"언니랑 오빠 둘 다 가면을 만드는 거야? 나도 만들래."

그 말에 디로시가 대답했다.

"난 이미 하나 갖고 있어. 이탈리아 사람들이 카니발에서 쓰던 거랑 비슷한 옛날식 흰색 가면이야."

주니퍼는 클레이와 디로시를 차례차례 빤히 바라보다가 입을 열었다.

"올빼미 소년의 파티에 갈 준비를 하는 거구나."

"아니, 난 초대받지 못했어."

디로시가 대답했지만, 주니퍼는 아랑곳하지 않았다.

"나도 갈래. 가면을 만들 거야."

클레이와 디로시는 또 한 번 눈빛을 주고받았다. 그 눈빛은 이렇게 말하고 있었다.

'주니퍼를 속이자.'

"좋아. 만들고 싶으면 만들어. 축제가 열리는 밤이 오면 너한테도 알려 줄게."

"야호!"

클레이가 그렇게 말하자, 주니퍼는 얼른 계단을 올라가더니 판지와 가위로 난장판을 벌이기 시작했다.

"주니퍼를 속이려니 좀 미안하지만, 어쩔 수 없어. 너무 위험하잖아.

하지가 와도 그날이 그날이라는 것만 말하지 않으면 돼."

클레이가 말했다.

주니퍼가 1층에서 외치는 소리가 들렸다.

"반짝이! 반짝이, 반짝이, 반짝이! 난 반짝이 가면을 만들래!"

"절대 데려가면 안 되겠어. 그랬다가는 우리 셋 다 엄마한테 죽는 거야."

디로시도 클레이의 말에 동의했다.

하지 전날 오후, 클레이의 용 가면이 완성되었다. 색칠도 끝냈다. 빨간 바지와 어울리는 빨간 용 가면이었다. 평소 클레이는 빨간 바지를 입을 때마다 불만을 터뜨렸다. 오로지 크리스마스에만 입는 바지였다. 게다가 조금 작기까지 했다.

하지만 오늘은 빨간 바지를 얼른 입고 싶어 안달이 났다. 당장 가면을 쓰고 몰래 숲으로 가서, 에이모스를 다시 만나고 신기한 것들을 구경하고 싶었다.

시간이 느릿느릿 흘러갔다. 오브라이언 가족은 다 함께 저녁을 먹었다. 클레이와 디로시는 잔뜩 들뜬 나머지 눈을 마주칠 때마다 몰래 웃음을 흘렸다. 주니퍼만 무슨 일이 일어나는지 까맣게 몰랐다.

클레이는 일찍 잠든 척했다. 하지만 들뜬 마음에 자꾸만 침대에서 이리저리 몸을 뒤척였다. 주니퍼가 느리고 고른 숨소리를 낼 때까지 기다렸다. 주니퍼는 베개 밑에 판지로 만든 가면을 숨겨 둔 채 자고 있었다.

밤 10시 30분, 클레이는 자리에서 일어났다. 엘피노어도 자리를 털고 일어나 꼬리를 천천히 흔들었다. 모험의 기적을 감지한 것이다.

여러 세계가 만나는 파티가 막 시작되려 하고 있었다.

15장

오브라이언 가족의 집에서 나온 세 형체가 마당을 가로질러 오솔길로 갔다. 한 명은 용 머리였고, 다른 한 명은 도자기 같은 하얀 얼굴에 그 위로 검은 후드를 눌러썼다. 둘 다 빨간 바지 차림이었다. 미지의 세계로 나아간다는 사실에 잔뜩 들뜬 엘프하운드 한 마리가 맨 앞에서 달리고 있었다.

그날 밤 숲에서는 따뜻하게 달궈진 풀, 꽃 그리고 목초지에서 자라는 야생 민트의 향긋한 냄새가 풍겼다. 클레이와 디로시 둘 다 손전등을 하나씩 들고 오솔길을 열심히 걸었다. 손전등은 딱히 필요하지 않았다. 나무들 위에서 밝게 빛나는 달이 모든 것을 푸른빛으로 물들였기 때문이다. 숲속은 마치 숨겨진 도시의 창문처럼 온통 반딧불로 환했다.

"주니퍼한테 거짓말한 건 괜찮겠지?"

클레이가 속삭였다. 집에서 이미 멀어진 뒤였기에 속삭일 필요는 없었지만, 어쩐지 속삭여야 할 것 같은 그런 밤이었다.

"맞아, 걘 집에 있는 게 안전해. 손전등 꺼."

근처 오솔길을 따라 누군가 걸어왔다.

두 아이는 얼른 손전등을 끈 다음 길을 벗어나 덤불 속에 숨었다. 흰 침대 시트를 뒤집어쓴 키 큰 누군가가 보였다. 머리가 소 해골처럼 크고 이상했다. 손에는 지팡이를 들고 있었는데, 지팡이 끝에 작은 새 집이 달려 있었고 새집의 둥근 입구에서 빛이 새어 나왔다.

오솔길 위에 있던 엘피노어가 으르렁대기 시작했다.

흰 시트를 뒤집어쓴 존재가 말했다.

"조용히 하려무나, 엘프하운드."

그러면서 개가 냄새 맡을 수 있게 발톱을 내어 주더니, 그대로 걸어 가 숲속으로 사라져 버렸다.

클레이와 디로시는 놀란 표정으로 서로를 마주 보았다. 클레이는 용 가면을 고쳐 썼다. 가면이 미끄러지는 바람에 구멍으로 바깥이 잘 보이지 않았던 것이다. 둘은 잠시 기다렸다가 다시 걸음을 옮겼다. 아 까 본 그 존재와 멀찍이 떨어져 걷고 싶었다.

개는 두 아이를 이끌고 둥글게 늘어선 바위들과 잠든 자들이 있는 곳으로 갔다. 슬슬 숲을 돌아다니는 다른 손님들이 보였다. 평소에는 인간 머리를 가진 이들의 눈에 보이지 않는 이상한 괴물들이었다. 키 가 큰 괴물도 있고, 조그만 괴물도 있었다. 다들 파티를 위해 좋은 옷을 차려입었다. 반딧불이가 손님들이 걷는 길을 밝혀 주었다.

디로시와 클레이는 몸을 빳빳하게 세우고 다른 세계에서 찾아와 파티에 참석하려는 손님인 것처럼 걸었다. 가면을 쓰고 와서 다행이었다. 다른 손님 중에도 가면을 쓴 이들이 있었다. 물론, 가면 아래 얼굴은 두 아이가 지금까지 핼러윈 날에 본 그 어떤 분장보다 더 괴상할 테지만 말이다.

남매는 다른 손님들을 따라 음악과 빛이 있는 곳으로 걸음을 옮겼다. 소원을 이뤄 주는 호수에는 불 켜진 등을 실은 작은 배들이 동동 떠다녔다. 잠든 자들이 있는 곳을 지나치자, 거인들 위 작은 숲에 사람들이 모여 서 있는 모습이 보였다. 갑옷 차림에 머리는 물고기이고, 등에는 뾰족한 지느러미가 달린 무리가 환영의 팡파르를 울렸다. 입으로는 트럼펫을 불고 아가미로는 피리를 불었다.

"와, 버드가 시끄럽다고 진짜 싫어하겠다."

디로시는 그렇게 말한 뒤 다른 손님들을 헤치고 버드의 얼굴 옆으로 달려갔다. 엘피노어가 거인의 입술 위로 올라가 거대한 코끝을 할짝거렸다.

"정말 엄청나군."

파란 거인이 괴로워했다.

"덕분에 오늘 밤이 더 지독해지는구나."

"버드! 나예요! 클레이도 왔어요."

"알고 있다."

거인은 장례식에라도 온 것 같은 목소리로 대답했다.

"그러니까 내가 이렇게 시큰둥하지."

"시끄러워서 기분이 나빠요?"

클레이가 물었다.

"아니, 내가 못 누리는 재미를 남들이 누리는 게 싫을 건 뭐냐. 여기에 우울하게 누워서 팔도 못 움직이는 채로 온갖 존재가 내 배를 타고 올라 즐거워하고, 춤추고, 사랑에 빠지는 걸 구경하는 것보다 좋은 건 없지."

"귀를 막아 드릴까요? 그럼 더 조용할 텐데."

디로시가 제안했다. 남매는 흙과 낙엽을 한 아름 모아 와 거인의 귓구멍이 꽉 막힐 때까지 쑤셔 넣었다.

"이제 좀 괜찮아요?"

디로시가 소리쳐 물었다.

"아무 소리도 안 들린다."

거인이 비참하기 그지없는 목소리로 대답했다.

그래서 남매는 한목소리로 더 크게 외쳤다.

"이제 좀 괜찮냐고요오오!"

그러자 거인이 신음했다.

"아아, 이제 난 파티를 다 놓쳐 버리겠군."

거인은 눈을 감더니, 유리 투구를 쓰고서 자기 어깨에 올라와 불꽃놀이를 즐기는 다리 많은 작은 괴물들을 무시했다.

올빼미 머리 마을이 내려다보이는 들판은 풀을 깎아 춤출 수 있는 공간으로 만들어 놓았다. 한쪽에 식탁보가 덮인 긴 식탁들이 놓여 있는데, 클레이와 디로시가 상상조차 할 수 없던 음식들이 가득했다. 빛을 한 번도 본 적 없는 짐승으로 만든 구이, 알록달록한 꽃으로 만든 국수, 음악에 맞춰 흔들리는 깍지콩 같은 것들이었다.

살아 있는 하프, 손잡이를 돌리면 비눗방울이 나오는 기계, 소뼈로 만든 바이올린으로 이루어진 오케스트라가 음악을 연주했다.

클레이와 디로시가 도착했을 때는 염소 뿔과 얼룩덜룩한 다리가 달린 사람들이 올빼미 머리 사람들과 춤추고 있었다. 염소 사람들은 입까지 헤벌린 채 거친 소용돌이를 만들고 서로를 훌쩍 뛰어넘으면서 통제할 수 없을 정도로 빙빙 돌았다. 올빼미 머리 사람들의 춤은 한 줄로 길게 늘어서서 동시에 팔을 흔들어 대는 엄격한 군무였다.

"올빼미 머리 사람들이야."

클레이가 설명했다.

"에이모스도 이 근처 어딘가에 있을 텐데."

클레이는 불안해하며 친구를 찾아 두리번거렸다.

엘피노어는 들판을 뛰어다니며 온갖 냄새를 킁킁거렸다. 신난 개를 본 존재들은 저마다 다른 울음소리를 내면서 발톱을 내밀어 개의 머리를 긁어 주었다. 엘피노어는 셔츠 공룡과 스웨터 양을 발견하고 으르렁거렸다. 둘은 풀밭에서 누군가 접시에 담아 놓은 음식을 몰래 훔쳐 먹고 있었다.

그때, 에이모스보다 키도 크고 어깨도 떡 벌어진 올빼미 머리 소년이 클레이와 디로시 쪽으로 똑바로 다가왔다. 클레이는 움찔하며 뒷걸음쳤다. 이곳에 있는 걸 들키면 반드시 지독한 대가를 치러야 할 테니까.

하지만 그 올빼미 소년은 클레이를 지나쳐 디로시에게 물었다.

"가면 뒤 너는 어떤 모습이야?"

디로시는 양다리에 체중을 번갈아 실으며 안절부절못하다가, 한참만에 대답했다.

"흉물스러워."

그러자 올빼미 소년은 고개를 끄덕였다.

"난 모제프야. 같이 춤출래?"

그러면서 모제프가 한 팔을 내밀었다.

곧 디로시는 올빼미 머리를 비롯해 생김새가 다양한 아이들과 긴 줄을 이루어 웃고 발을 구르며 어른들의 춤을 따라 했다.

클레이는 긴 식탁 옆에 혼자 서 있었다. 다들 좋은 시간을 보내는 모습을 지켜보았다.

견과류가 놓인 식탁 옆에 다람쥐 한 마리가 앉아서 담배를 피우기 시작했다.

"그건 나쁜 버릇이에요. 담배를 피우면 죽는다고요."

클레이의 말에 다람쥐가 대꾸했다.

"내가 죽는다면 담배 때문이 아니라, 우편물을 챙기러 나갈 때마다 네 개가 날 쫓아왔기 때문일 거다."

미처 해 본 적 없는 생각이었다.

"아, 정말 죄송해요."

"흠, 호두 몇 개 까 주면 없던 일로 하마."

클레이는 하는 수 없이 다람쥐를 위해 호두 껍데기를 까기 시작했다. 곧 식탁보 위에 껍데기가 한 무더기 쌓였다.

갑자기 누군가의 손이 불쑥 클레이를 잡았다.

"안 돼애!!"

상대는 그렇게 외치면서 클레이를 세게 밀쳤다.

비틀거리던 클레이는 바닥에 벌러덩 넘어지고 말았다. 가장 먼저 느낀 것은 두려움이었다. 들켰구나.

하지만 상대는 다름 아닌 에이모스였다.

"음식은 절대 먹으면 안 돼!"

"으으."

클레이는 몸을 툭툭 털고 일어나서 흘러내린 용 머리 가면을 바로 잡았다.

"먹으려던 게 아니야, 에이모스. 다람쥐가 먹을 호두를 까 주고 있었어."

"영원히 살 수 없는 인간이 이 축제에서 음식을 먹으면 영영 돌아가지 못해. 산 아래로 끌려가서 살게 된다고."

"나도 만나서 반가워, 에이모스."

클레이는 약간 빈정거리는 투로 말했다.

에이모스가 고개를 숙여 인사했다.

"만나서 반가워, 인간 머리 클레이. 네가 여기 있다는 건 네 누나한테서 들었어. 빨간 바지를 입고 있어서 넌 줄 알았거든."

"이 파티 정말 굉장하다. 다들 어디서 온 거야?"

"이 존재들은 전부 우리 주변에 살아. 하지만 언제나 서로를 볼 수 있는 건 아니지. 난 따분할 때마다 세상엔 이런 신기한 것들이 가득하다는 생각을 해."

"그럼 지금부터는 뭐 하지?"

그러자 에이모스가 클레이의 손목을 잡았다.

"다른 세계를 구경하러 가자!"

두 친구와 엘피노어는 숲속을 달렸다. 흰 소나무의 곁가지들과 굵직한 검은색 나무둥치를 이리저리 피해 다녔다. 연인들이 나무 위에 앉아 손 세 개를 맞잡고 있었다. 벌레 눈을 가진 가족들은 아이스크림을 핥으며 지나갔다.

나무들 위로 노룸베가산이 언뜻 보이기도 했다. 높은 산 위에서 불이 활활 타고 있었고, 반짝이는 빛이 산마루 주변을 어른거렸다.

'우리 마을 주변 농장 사람들도 자기 집 현관 앞에 앉아서, 아니면 창문으로 이 초자연적인 빛을 구경하고 있을까?'

클레이는 마법의 밤, 1년 중 가장 짧은 밤이자 비밀의 밤인 오늘 밤, 바깥에 있는 자신이 자랑스러웠다.

둥글게 늘어선 바위들이 나타났다.

"여기야."

에이모스가 샛노란 눈으로 바위들을 뚫어지게 바라보며 말했다.

"똑바로 보는 것만으로도 힘들어."

처음에 클레이는 그게 무슨 소린지 도저히 이해할 수 없었다. 하지만 에이모스처럼 바위를 쳐다보기 시작하자, 누가 자기 머리에 대고 만화경을 깨부수기라도 한 것 같았다.

둥글게 늘어선 바위들을 중심으로 세상이 쪼개졌다. 다른 곳으로 이어지는 길이며 통로가 생겨났고, 존재해서는 안 되는 방향들이 나타났다. 잠시 동안 두 친구는 그저 방향 감각을 되찾으려 애쓰는 게 고작이었다.

엘피노어가 신나게 발을 구르며 앞장서 달려갔다. 뒤돌아 두 소년을 보며 씩 웃더니, 햇빛에 물든 협곡으로 홀쩍 뛰어들었다. 클레이는 당황해 엘피노어를 불렀지만, 개는 금세 파란 진흙 숲에서 뛰어나왔다.

"가자!"

에이모스가 그렇게 말하더니 다른 세계들로 연결되는 입구로 달려갔다.

클레이에게 오늘 밤은 그 어느 때보다도 즐거운 밤이었다. 클레이가 재킷 등을 꽉 잡아 준 덕분에 에이모스는 절벽 너머로 몸을 내밀어 김이 푹푹 나는 차가운 바다에서 괴물들이 드러누워 일광욕하는 모습을 구경할 수 있었다. 둘은 어느 거대한 도시의 폐허를 걸었고, 부서진 동상의 거대한 머리들 사이에서 숨바꼭질했다. 자꾸만 꼬리를 흔들며 두 아이 사이를 오가는 엘피노어 때문에 숨은 곳을 들켜 놀이는 엉망이 되었다. 그래서 아이들은 엘피노어와 함께 불가능한 공간으로 막대기 던지기 놀이를 했다. 막대기를 잡으려고 천장을 거꾸로 달리든 벽을 통과하든, 엘피노어는 언제나 안정적으로 발을 디뎠다.

아이들은 서로 다른 세계에 선 채 전나무 가지로 줄다리기를 하기도 했다. 전나무 가지는 아이들 사이, 중간쯤 되는 지점에서 사라져 눈에 보이지 않았다.

그러다가 다른 아이들도 만났다. 대부분 에이모스의 친구인 올빼미 머리 아이들이었지만, 등껍질이나 긴 주둥이가 달린 아이들도 있었다. 클레이가 주머니에서 야구공을 꺼냈고, 다 같이 수많은 우주로 야구공 튕기기 놀이를 한 시간이나 즐겼다. 그사이 엘피노어도 여러 세계를 오갔다. 사라졌던 엘피노어가 공을 입에 물고 다시 나타나자, 모두 박수를 치며 개를 따라 달렸다.

에이모스는 유명한 이들을 손가락으로 가리키며 누구인지 알려 주기도 했다. 푸른 벨벳 드레스를 입은 여자는 소원을 이루어 주는 호수의 공작이었다. 그 옆으로, 온몸을 연못 물풀로 감싼 사람은 공작의 아내이자 시간과 그림자의 강을 지키는 정령이었다. 산꼭대기에 살고 있어 잘 내려오지 않는다는 바위 트롤 가족도 보였다. 사람들은 외투를 벗어 거대한 죽은 나무의 가지에 걸어 놓았다. 시간의 가장자리 너머에서 온, 커다란 젤리를 닮은 존재가 손님들 사이를 돌아다니며 몸을 구부리거나 거품을 일으키고 있었다.

그러다가 에이모스가 말을 거꾸로 타고 있는, 거울처럼 반짝반짝하고 매끈한 피부를 가진 사람을 가리켰다. 말이 앞으로 걸어가자 번개가 번쩍 내리쳤고, 투명한 피부 아래로 뼈가 다 비쳐 보였다. 이 번쩍이는 기수 앞에서 모두 고개를 숙이고는 뒷걸음쳤다.

"저 사람은 누구야?"

클레이가 묻자, 에이모스가 대답했다.

"죽음이야. '죽음의 방아쇠'라는 창백한 말을 타고 있지."

거울 같은 피부를 가진 죽음은 끝에 쇠로 된 표식이 달린 기다란 지팡이를 들고 있었다. 죽음은 바위 뒤에 몸을 숨긴 클레이와 에이모스를 지나쳐서, 발굽으로 미친 듯이 춤을 추는 털북숭이 남자 뒤로 갔다. 죽음이 지팡이로 털북숭이 남자를 건드리자, 남자는 춤을 멈추고 뒤돌아보았다. 남자의 친구들이 모두 공포에 질려 그 광경을 지켜보았다. 털북숭이 남자는 자신을 건드린 것이 죽음이라는 걸 확인하고는 고개를 끄덕였다. 그리고 다른 존재, 아마도 사랑하는 존재일 게 분명한 누군가를 끌어안은 다음, 깊은 밤 속으로 뚜벅뚜벅 걸어가 버렸다. 털북숭이 남자의 파티는 그것으로 끝이었다.

말을 거꾸로 탄 죽음은 계속해서 사람들 사이를 돌아다니며 다음 희생자를 찾았다.

"죽음을 만난다는 걸 알면서도 다들 파티에 오는 거야?"

클레이가 묻자, 에이모스가 대답했다.

"죽음은 빠짐없이 초대받아. 죽음이 부르면 누구든 가야 하지. 하지만 이 밤이 달콤한 건, 언제든지 끝날 수 있다는 사실 때문이야. 그렇기 때문에 우린 춤을 춰야 하는 거고."

두 아이는 다시 공을 던지며 놀기 시작했다. 하지만 이제 클레이는 동시에 여섯 방향으로 튀는 공을 바라보면서도 거울 같은 피부를 가진 죽음에게서 눈을 뗄 수가 없었다.

한편, 디로시는 모제프 그리고 모제프의 친구들과 춤추며 놀고 있었다. 모제프의 친구들은 뻣뻣한 무명 드레스를 차려입은 아름다운 올빼미 머리 소녀들이었다.

"너는 어떤 존재야?"

등을 맞대고 춤추면서 모제프가 물었다.

"정말 근사한 존재. 하지만 무척 사악하기도 하지."

디로시가 대답했다. 그러고 보면, 새삼스럽게 잃을 것도 없었다.

들판에서 춤추던 존재들은 이제 모두 손을 맞잡았다. 디로시도 모제프에게 한 손을 내밀었다. 다른 손은 샤를로스라는 올빼미 소녀에게 내밀었다. 수많은 눈, 뿔, 부리, 깃발을 가진 존재들이 1킬로미터 가까이 되는 긴 줄을 이루어 춤을 추며 깜깜한 숲을 헤치고 나아갔다.

"어디로 가는 거야?"

디로시가 음악 소리에 묻히지 않게 모제프에게 고함쳤다.

"모든 곳!"

모제프가 외치며 디로시의 팔을 끌어당겼다. 디로시 역시 팔을 끌어당기는 바람에 모제프는 하마터면 넘어질 뻔했고, 둘은 웃음을 터뜨렸다.

둥글게 늘어선 바위에 도착하자, 온갖 세계로 가는 문이 활짝 열려 빛나고 있었다. 엘피노어, 클레이 그리고 올빼미 소년 에이모스가 다른 아이들과 함께 공놀이하는 모습도 보였다.

그 뒤, 다 함께 커다란 원을 만들어 모든 세계를 빙글빙글 돌기 시작했다. 시간과 공간으로 이루어진 어마어마하게 멋진 춤이었다. 한 발 디디는 순간 사막으로 갔다가, 또 한 발 디디면 사방에 아치처럼 굽은 목들이 불쑥불쑥 솟은 거대한 늪이 되었다. 혹시라도 손을 놓쳐 혼자 이상한 곳으로 떨어질까 봐 디로시는 모제프와 샤를로스의 손을 꼭 잡았다. 셋은 놀이기구를 타는 것처럼 즐거운 비명을 질렀다.

얼어붙은 밤, 불붙은 아침, 빛의 도시를 지나면서 모두가 토성의 고리 같은 커다란 원을 그리며 춤을 췄다. 디로시는 행복한 기분으로 크게 웃었다. 이토록 수많은 방향이 존재하는데, 아직 모르는 것이 이렇게 많은데, 여태 깜깜한 방에만 앉아 있었다는 게 믿기지 않았다.

'언제까지나 이렇게 살아가고 싶어. 모든 것이 평소와 똑같고, 주변 사람들이 모두 인간 머리를 달고 있는 내일이 오더라도.'

디로시는 생각했다.

클레이를 지나치는 순간, 디로시는 씩 웃었다. 클레이는 손에 밧줄을 들고 무너진 황제 동상의 머리 위에 서 있었다. 디로시는 흰 도자기 가면을, 클레이는 빨간 용 가면을 쓰고 있어서 클레이는 누나를 보지 못했다.

다음 순간 춤추던 이들은 모두 반딧불이가 깜빡이며 날아다니는 숲에 돌아와 있었다.

근처에 있던 언덕 아래에서 기둥이 불쑥 솟아나며 언덕이 들려 올라갔다. 언덕에 있던 나무들도 전부 쑥 들려 올라갔다. 언덕 아래서 빛이 쏟아져 나왔다. 큰 원을 만들었던 사람들은 춤추기를 멈추고 환호를 보냈다. 다들 이끼며 부드러운 풀 위에 앉아 언덕 꼭대기가 들려 올라가는 모습을 구경했다.

언덕에서 산아래 왕국 사람들이 쏟아져 나왔다. 경의를 표하러 나타난 이들이었다. 흰색 나비넥타이, 장갑, 검은 재킷, 나뭇잎과 꽃을 엮어 만든 화관에, 짧은 파티 드레스를 입은 이들이었다. 머리카락에 공작 깃털을 꽂은 여자들도 있었다. 산아래 왕국의 여왕은 머리에 얼음처럼 투명한 다이아몬드로 만든 높은 왕관을 쓰고, 죽은 사람처럼 새하얀 얼굴 위로 눈만 가리는 은빛 가면을 쓰고 있었다. 여왕이 웃으며 손 키스를 보냈다.

곧이어 왕실 사냥대가 놋쇠 단추가 달린 붉은 재킷 차림으로 나타났다. 모두 위풍당당한 말을 타고 있었다. 그 옆을 엘프하운드 무리가 따랐다.

공놀이를 하던 클레이는 그 광경을 보고 입을 딱 벌렸다. 산아래 왕국을 까맣게 잊고 있었다. 당연히 왕국 사람들 역시 파티에 참석할 텐데도.

클레이는 엘피노어를 찾아 주위를 두리번거렸다.

보이지 않았다.

"에이모스! 에이모스! 엘피노어를 찾아야 해."

에이모스가 탱탱볼을 손에 든 채 머뭇거렸다.

"저들이 엘피노어를 데려갈 거야!"

클레이가 외치자 에이모스는 대답했다.

"선택은 엘피노어의 몫이야."

클레이는 그 말이 마음에 들지 않았지만, 말씨름을 벌일 때가 아니었다.

"저들이 먼저 엘피노어를 발견해 땅속으로 끌고 들어간다면, 엘피노어한테 선택할 기회는 없다고."

그러면서 에이모스를 질질 끌고 와 함께 사람들 속을 헤집으며 개를 찾아다녔다.

그러나 엘피노어는 이미 동족들이 짖는 소리를 들었다. 개는 반들거리는 가죽 구두를 신은 사슴 다리를 뛰어넘고, 뱀 여인의 똬리를 통과해서 온 힘을 다해 사냥개들에게로 달려갔다. 형제자매, 아빠가 왕실 사냥대가 도착했음을 알리며 당당하게 짖는 소리가 들렸다.

잠깐이지만, 엘피노어는 자신을 찾아 사람들 틈을 헤매는 인간 아이를 완전히 잊어버렸다. 그저 동굴 속 우리를, 잠든 자매들의 내음을, 보석 빛에 의지해 벌이던 사냥만을 떠올렸다.

클레이 눈에 엘피노어가 엘프하운드 무리에게로 재빨리 달려가는 모습이 들어왔다.

"엘피노어!"

클레이가 애타게 불렀다. 그저 엘피노어의 귀에만 들리면 된다고 생각했다. 그러면 다 해결될 거라고, 클레이를 기억해 내기만 한다면 떠나지 않을 거라고, 다시 돌아올 거라고 생각했다.

엘피노어는 사냥개 무리의 대장 그레이킨 앞으로 달려와 급히 멈춰섰다. 잔뜩 들떠 헥헥 숨을 몰아쉬었다. 그레이킨이 자기 냄새를 떠올리게끔 코를 마주 대려던 순간이었다.

그레이킨은 엘피노어를 기억했다. 으르렁거리며 앞발로 아주 빠르게 엘피노어를 후려쳐 바닥에 쓰러뜨렸다. 감히, 인간들과 더러운 인간 세계 냄새를 풍기며 돌아오다니! 바닥에 쓰러진 엘피노어가 파르르 떨었다.

"그만해!"

클레이가 개를 구하려고 사람들을 헤치고 달려 나왔다.

이미 사냥 대장이 가까이 와 있었다. 사냥 대장은 사냥대의 나머지에게 이 개가 실종된 엘프하운드인 엘피노어라는 사실을 유창한 엘프어로 알렸다.

"엘피노어!"

클레이가 부르짖으며 엘피노어에게 달려갔다.

그러나 무장한 경비병 여럿이 뾰족한 창으로 클레이와 사냥개들 사이를 막아섰다.

엘피노어가 언뜻 그쪽을 보았다. 클레이가 보였다. 엘피노어는 바닥에 엎드려 죄책감과 슬픔을 표출하고 있었다. 나이 든 그레이킨이 엘피노어 위로 우뚝 서 있었다.

"나한테 돌아와, 엘피노어!"

클레이의 외침은 흐느낌에 가까웠다.

개들이 사방에서 엘피노어를 둘러쌌다. 엘피노어는 자신이 어디에 있는 게 옳은지 알 수 없었다. 침대 위에 올라가서 잠을 잘 수 있던 집을 떠올렸다가, 자신만을 위한 벨벳 쿠션이 놓인 돌로 된 왕실의 우리를 떠올렸다. 개들을 한 번 바라보고, 또 클레이를 바라보았다.

클레이는 엘피노어에게 조금도 더 다가갈 수 없었다. 경비병들이 가로막고 있어서였다. 손을 뻗었지만, 너무 멀어서 엘피노어가 냄새를 맡게 할 수도 없었다.

사냥 대장이 엘피노어에게 가죽 채찍을 휘둘렀다. 엘피노어는 몸을 움츠렸다. 명령에 따르지 않아 저 채찍으로 얻어맞을 때 얼마나 아팠는지 떠올랐다.

클레이는 사냥 대장이 엘피노어를 윽박지르는 모습을 별도리 없이 보고만 있었다. 사냥 대장이 부츠 신은 발로 사랑하는 개의 갈비뼈를 걷어차는 모습이 보였다. 엘피노어가 아파하며 낑낑하고 울었다.

사냥 대장은 또 한번 뭐라고 명령을 외쳤다.

그러자 엘피노어가 일어나더니 꼬리를 뒷다리 사이에 숨기고 마지막으로 클레이를 쳐다보았다. 다른 개들 모두가 엘피노어를 에워쌌다.

엘피노어가 집으로 돌아가는구나.

클레이는 목청껏 고함을 질렀다. 멋진 옷을 차려입은 산아래 왕국의 끔찍한 사람들에게. 또 그 왕국의 여왕에게. 엘프 경비병들이 얼굴을 찌푸리더니 클레이를 뒤로 밀쳤다. 클레이는 바닥에 쾅 하고 넘어졌다. 그 바람에 용 가면이 벗겨지고 말았다. 얼굴이 드러나는 순간, 주변을 둘러싼 사람들이 모두 헉하고 놀라는 소리가 들렸다.

사냥 대장이 엘피노어의 목에 밧줄을 감았다. 밧줄 끝을 하인에게 건네며, 자신들이 나온 언덕 쪽으로 손짓했다. 하인은 경비병 여럿과 함께 엘피노어를 질질 끌고 가기 시작했다.

엘피노어가 고개를 돌려 클레이를 바라보았다. 흰자가 드러난 것만 보아도 엘피노어가 얼마나 겁에 질렸는지를 알 수 있었다.

엘피노어가 자신을 찾고 있다는 걸 알지만, 사람들 속에서 자신을 알아보았는지는 알 수 없었다.

산 아래에서 온 사랑하는 마법 개 엘피노어는 그렇게 사라져 버렸다. 음악 소리가 다시 커지자 모두 신나게 춤을 췄다. 울고 있는 한 소년만 빼고.

16장

디로시와 올빼미 머리 친구들도 다른 손님들과 함께 이 모든 광경을 지켜보았다. 디로시는 얼른 클레이에게 돌아가고 싶었다.

디로시가 벌떡 일어나 발끝으로 섰다. 사람들의 머리 위를 살펴보더니 물었다.

"내 동생은 어디로 갔을까?"

"네 동생이 누군데?"

"용 머리에 빨간 바지를 입은 아이."

"개를 데리고 있던 아이 말이야?"

"응, 클레이야."

그 말에 모제프와 샤를로스가 한 발짝 물러섰다. 모제프는 마치 부러지기라도 한 것처럼 디로시가 잡고 있던 팔을 황급히 거두어들였다.

"네 동생이 우리 마을을 찾아온 그 인간 머리 녀석이야?"

"응."

디로시는 깊이 생각하지 않고 대답한 뒤 어린 마녀들 틈을 눈으로 살폈다.

"그 녀석은 여기 오면 안 될 존재야! 어르신들이 그 녀석에게 저주를 내릴 거라고."

모제프가 말했지만, 디로시는 이렇게 대꾸했다.

"굳이 저주까지 내릴 필요 없어. 산아래 왕국 사람들이 개를 데려가서 걘 앞으로 영원히 행복할 수 없을 테니까."

목을 쭉 뻗어 주변을 둘러보던 디로시가 말을 이었다.

"아무튼 난 동생이 집으로 돌아갔는지 찾아 볼게. 엄청 속상해할 거야. 혹시 클레이가 들판으로 나왔는지 찾아 봐 줄래? 만약 그 애를 만나면, 내가 찾고 있다고 전해 줘."

모제프는 내키지 않는 듯 고개를 끄덕였다.

"알았어. 하지만 산아래 왕국에서는 사냥개를 훔친 그 애한테 어마어마하게 무서운 벌을 내릴 거야."

디로시는 가면을 쓴 채로 새로 사귄 친구를 빤히 쳐다보았다. 같이 춤추고 놀 때는 좋았는데, 이제 보니 올빼미 머리 아이들은 다들 뻣뻣한 데다 꽉 막힌 것 같았다. 보고만 있어도 피곤했다.

"할 말 끝났어?"

모제프는 불편한 표정을 지었다.

"뭐, 너희랑 노는 동안 재미있었어. 그리고 난 이렇게 말하는 게 하나도 겁나지 않아.”

모제프가 계속 입을 다물고 있자, 디로시는 심호흡을 하더니 말을 이었다.

“네가 말을 하든 입을 다물고 있든 상관없어. 재미있었어. 안녕.”

디로시는 친구들을 남겨 두고 사람들 속으로 달려갔다. 클레이와 엘피노어가 걱정됐고, 새로 사귄 올빼미 머리 아이들이 알고 보니 그리 좋은 친구가 아니었다는 사실에 조금 화도 났다. 디로시는 달리면서 동생의 이름을 크게 외쳤다.

“클레이!”

모두가 디로시를 쳐다보았다.

그때 무언가가 달라졌다. 주변에 있던 괴물들이 모두 사라졌다. 숲속이 깜깜해졌고, 나무에서 뿜어져 나오던 신비로운 빛도 사라졌다.

디로시는 손전등을 켰다. 그제야 자기가 어디 있는지 알 수 있었다. 놀랄 만큼 집과 가까운 곳이었다. 아마 자기도 모르게 마법의 숲을 빠져나와 평범한 숲으로 와 버린 모양이었다. 그곳으로 안내해 줄 엘피노어가 없는 지금, 파티가 열리는 곳으로 디로시가 돌아갈 방법은 없었다.

집으로 가는 내내 디로시는 동생의 이름을 외쳤다.

때마침 오솔길에서 누군가가 디로시 쪽으로 달려왔다.

“클레이?”

손전등으로 비춰 보니, 우유처럼 하얀 털에 특이한 빨간 귀를 가진 엘프하운드 한 마리가 보였다.

"엘피노어!"

안심한 디로시는 한 손을 뻗었다.

"엘피노어, 클레이를 찾을 수 있게 도와줄래? 클레이는 어디 있어? 클레이는 어디 있냐고!"

하지만 그 개는 엘피노어라고 하기에는 너무 컸다. 디로시는 얼어붙은 듯 꼼짝도 할 수 없었다. 엘프하운드가 디로시를 바라보았다. 디로시의 눈을 똑바로 보면서 온 힘을 다해 짖기 시작했다.

그 소리와 함께 사냥이 시작되었다. 저 멀리서 사냥개들이 달려오는 발소리가 들렸다.

'뭘 사냥하려는 거지?'

그 순간 디로시는 깨달았다.

'나구나. 내가 사냥감이야.'

디로시는 달렸다.

'아니야, 클레이를 찾는 거겠지. 하지만 저 녀석들은 나를 클레이라고 생각하는 게 분명해.'

가면을 쓰고 빨간 바지를 입은 채, 엘피노어의 냄새가 묻어 있는 오솔길을 달리는 인간이니까.

사방에서 개 짖는 소리가 들려왔다. 개들은 디로시를 점점 더 바짝 조여 왔다.

디로시는 숲에서 달려 나와 집 마당을 가로질렀다. 곧바로 동작 감지기가 작동하며 조명이 켜졌다. 덤불이며 돌멩이 그림자 하나하나가 드러났다. 흰 개 무리가 검은 그림자를 달고 숲에서 쏟아져 나왔다. 뒤에서 사냥 나팔을 부는 소리가 들렸다.

디로시는 가면을 벗어 우두머리 개에게 힘껏 던졌다. 주둥이에 가면을 맞은 개가 휘청거리더니 허공에 대고 성난 듯이 짖어 댔다.

현관에 다다른 디로시는 집 안으로 달려가 문을 쾅 닫았다. 그리고 잠갔다. 이제 안전하다!

하지만 그제야 클레이 생각이 났다. 아직 숲속에 있을 텐데.

잠에서 깬 엄마와 아빠가 침실에서 달려 나왔다. 불을 켜고 소리를 질렀다.

"왜 그러니?"

"대체 무슨 일이야?"

"개들이 따라와요!"

디로시는 그렇게 외치면서, 부모님이 더 이상 아무것도 묻지 않기만을 바랐다.

주니퍼가 두꺼운 종이로 만든 가면을 꼭 안고 계단을 내려왔다.

"엘피는 어디 갔어? 클레이 오빠는? 방에 아무도 없어!"

엄마와 아빠는 목욕 가운 차림이었다. 둘은 서둘러 창밖을 내다보았다.

"저게 대체 누구냐?"

겁에 질린 아빠가 외쳤다.

창밖에는 빨간 코트를 입고 검은 모자를 쓰고 긴 창으로 무장까지 한 공작이 서 있었다. 공작은 오브라이언 가족의 집을 들여다보았다. 그 뒤로 다른 사람들도 속속 도착하고 있었다. 마당에는 컹컹대는 사냥개들이 가득했다.

엄마는 벌써 마을 경찰서에 전화를 걸고 있었다.

"안녕하세요, 루실. 저예요. 들개 무리와…… 괴상한 옷을 차려입은 미치광이들이 저희 집을 공격하고 있어요. 대체 무슨 옷인지 모르겠어요. 옛날 옷 같은 거?"

"옛날 사람들이 파티에 갈 때 입던 옷 아닐까?"

아빠가 거들었다.

"옛날보다는 최근이지만, 요즘 옷은 아닌 파티 의상 같은 걸 입고 있어요. 네. 당연히 집 밖으로 나가지 않을 거예요. 고마워요. 맞아요, 얼른 와 주세요."

전화를 끊은 엄마가 주니퍼와 디로시에게 물었다.

"클레이는?"

주니퍼는 울음을 터뜨렸다. 사냥개들이 현관 앞에서 펄쩍펄쩍 뛰며 발톱으로 문을 할퀴어 댔다.

"전혀 모르겠는데요."

디로시가 대답했다.

아빠가 다가와 주니퍼를 품에 안았다.

"울지 마, 주니퍼. 집 안에 있으면 안전하단다."

"정말요?"

주니퍼가 코를 훌쩍였다.

"그럼, 정말이지."

그러면서 아빠는 애써 미소를 지어 보였다.

다음 순간, 산아래 왕국 사람들이 벽을 뚫고 들어왔다.

정확히 말하면, 왕국 사람들이 탄 말들이 마치 벽이 존재하지 않는 것처럼 집으로 돌진했다고 해야 할 것이다. 하지만 벽지는 존재했고, 왕국 사람들이 뚫고 들어오는 바람에 찢어져서 너덜거렸다. 말을 탄 사람들이 오브라이언 가족을 둘러싸더니 거칠고 낯선 언어로 소리 높여 을러댔다. 말을 탄 채 소파를 뛰어넘다가 소파를 산산조각 내기도 했다. 집 안에서 창을 휘두르는 바람에 온갖 물건들이 부서지고 바닥에 떨어졌다. 한 사람은 말을 타고 계단 위를 달려 올라갔다. 카펫이 찢어졌다. 계단 난간도 무너지고 말았다.

또 한 명의 기사가 마치 벽이 존재하지 않는 것처럼 벽을 뚫고 들어왔다. 그러나 벽 속에 묻혀 있던 구리 전선들은 존재했고, 기사는 전선에 감겨 화상을 입었다. 기사의 어깨에 줄무늬 흉터가 남았다. 기사는 화가 나서 괴성을 지르더니, 검을 휘둘러 부엌에 있는 온갖 것들을 박살 냈다. 말은 몇 번이나 뒷다리로 일어섰다가 발굽으로 바닥을 탕탕 치기를 반복해 부엌 바닥의 타일을 전부 깨뜨렸다.

오브라이언 가족이 할 수 있는 일은 하나도 없었다. 방어 도구도 없이 창과 검을 든 사람들에게 둘러싸인 네 식구 중 세 명은 심지어 잠옷 차림이었다. 오브라이언 가족은 서로 꼭 붙어 선 채 집에 있는 물건들이 모조리 부서지는 모습을 멀거니 지켜보았다.

주니퍼는 이 난장판을 도저히 참을 수 없었다. 모든 게 제자리에 있어야 성에 차는 아이였으니까. 그래서 주니퍼는 물건이 부서져 바닥에 널브러지는 모습을 보지 않으려고 눈을 꼭 감고 엉엉 울었다. 모든 걸 망가뜨리는 마법 존재들이 너무 미웠다.

"클레이는 어디 갔지?"

엄마가 물었다. 그러더니 디로시를 붙들고 얼굴을 빤히 보면서 고함 쳤다.

"디로시! 클레이가 어디 갔는지 말해! 클레이는 안전하니?"

디로시는 대답할 수 없었다. 이제 기사들은 텔레비전과 식탁을 부수고 있었다. 자기네들 말로 오브라이언 가족에게 욕설을 쏟아붓고, 킬킬 웃으며 거실을 망가뜨렸다.

그때 귀족 차림을 한 남자가 뭔가 명령을 내렸고, 사냥 나팔이 울렸다. 귀족이 숲을 가리켰다.

그러자 왕실 사냥대가 일사불란하게 움직였다. 다들 북쪽으로 말머리를 돌렸다. 귀족이 한마디 하자, 기사의 하인이 사냥 나팔을 불었다. 나팔 소리를 신호 삼아 사냥대 전체가 단단한 벽을 뚫고 말을 몰아 숲으로 사라져 버렸다.

나팔 소리도, 개 짖는 소리도 서서히 희미해졌다.

아빠가 충격에 휩싸인 얼굴로 거실을 둘러보았다.

"대체…… 어떻게 벽을 뚫고 들어온 거지?"

오브라이언 가족이 가진 모든 것이 짓밟히고 찢어졌다. 집 안에서는 이제 아무 소리도 나지 않았다. 의자에는 말발굽 자국이 났고, 카펫에는 말똥이 떨어져 있었다.

저 멀리서 경찰차 사이렌 소리가 들려왔다. 마을에 있는 단 하나뿐인 경찰차 소리였다.

주니퍼가 아빠 품에 파고들어 울었다. 엄마는 또 한 번 디로시를 다그쳤다.

"클레이는 어디 있는 거야? 대체 너희 둘이 뭘 하고 있었던 거니?"

디로시는 도저히 뭐라고 대답해야 할지 알 수 없었다.

17장

클레이와 에이모스는 파티가 이어지는 동안 그늘에 숨어 있었다. 클레이는 기둥이 떠받친 언덕을 자세히 관찰하는 중이었다.

"저 산 밑으로 들어가면 엘피노어를 구할 수 있어."

클레이가 말했다.

"엘피노어는 그걸 원하지 않을 거 같은데. 스스로 왕실 사냥대를 따라갔잖아."

"아니야. 엘피노어는 아는 개들을 만나 반가워서 인사하고 싶었을 뿐이야. 그렇게 못된 짓을 할 거라곤 상상하지 못한 거라고. 엘피노어는 땅 밑으로 끌려가면서 나를 찾고 있었어. 내가 찾으러 오길 기다릴 게 분명해."

"그거야 너 좋을 대로 생각해 낸 이야기 아니야?"

그러자 클레이는 에이모스에게 벌컥 성을 냈다.

"입 다물어."

"난 그저 진실을 말한 것뿐이야."

"입 다물라니까! 아니, 그건 진실이 아니야. 네가 같이 가 주지 않는다면 나 혼자서라도 갈 거야."

그러자 에이모스는 언덕을 가리켰다. 창을 든 경비 대원들이 기둥 사이를 지키고 서 있었다.

"저 경비 대원들을 어떻게 뚫고 지나갈 셈이야?"

"왜 그런 식으로 말하는 거야?"

클레이가 고함을 질렀다.

"넌 이미 아는 기적이나 신기한 일들을 자랑하는 건 좋아하면서, 새로운 것 앞에선 비겁한 닭처럼 내빼는구나!"

클레이는 쿵쿵 발소리를 울리며 자리를 떠났다. 그러고는 용 가면을 다시 썼다. 변장을 하건 말건 큰 상관은 없었다. 파티에 있는 모두가 클레이를, 그리고 클레이가 개를 빼앗기는 장면을 보았으니까.

"클레이 형제!"

에이모스가 달려왔다.

"이젠 형제라고 부르지도 마."

"산아래 왕국으로 들어가는 다른 방법도 있어."

그 말에 클레이가 걸음을 멈췄다.

"예를 들면?"

에이모스가 주머니를 뒤적이더니 녹슨 열쇠를 꺼냈다.

"우리가 탑에서 발견한 열쇠야. 이 열쇠로 열 수 있는 문을 아직 찾아 보지 않았잖아."

클레이는 에이모스 뒤에서 벌어지고 있는 파티를 바라보며 한참 생각에 잠겼다. 그러다가 입을 열었다.

"네 말이 맞아."

"지금 가서 문을 찾아 보자."

클레이가 고개를 끄덕였다.

"고마워, 에이모스."

에이모스도 고개를 끄덕였다.

두 아이는 둥글게 늘어선 바위로부터 탑으로 이어진 오솔길을 달렸다. 예전에 이곳에 왔을 땐 번들거리는 푸른 윔에게 공격당했다. 금속 탐지기가 망가진 날이자, 다시는 서로 만날 수 없게 된 그날이기도 했다. 둘은 나중에 이곳에 다시 와서 문을 찾아 보기로 했지만, 그 뒤로 한 번도 만나지 못했다.

그렇게 둘은 마침내 폐허가 된 탑으로 돌아왔다. 탑은 어둠 속에 우뚝 솟아 있었다. 클레이가 손전등을 켰다.

에이모스가 팔로 눈을 가렸다.

"그러지 마, 클레이 형제. 나는 빛이 없어야 더 잘 보여."

"알았어. 그러면 네가 이쪽을 수색해. 나는 저쪽을 맡을게."

둘은 네 발로 엎드려 낙엽과 흙을 긁어내기 시작했다.

"난 겁쟁이가 아니야."

문을 찾는 중에 에이모스가 입을 열었다.

"그렇게 말한 적 없어."

"내가 비겁한 닭 같다며. 올빼미 머리를 가진 사람한테는 해선 안되는 말이라고."

"넌 엘피노어가 나를 좋아하지 않는다고 했잖아. 그건 그 어떤 사람한테도 하면 안 되는 말이야. 게다가 진실도 아니고."

클레이는 거기까지 말한 뒤 에이모스가 반박하지 않을까 생각하며 뒤돌아보았다. 그러나 이번만큼은 올빼미 소년도 가만히 있는 게 현명하다는 걸 알았다.

둘은 부지런히 덤불 속을 뒤지고, 차가운 돌벽을 손으로 쓸어 보았다. 아이들 사이를 신나게 뛰어다니고 코를 킁킁대며 다람쥐를 찾던 엘피노어 없이 모험하자니 기분이 이상했다. 클레이는 엘피노어가 무사하기를 바랐다. 두려워하지 않기를 바랐다. 엘피노어의 겁에 질린 눈, 두 다리 사이로 말려든 꼬리를 떠올리니 마음이 아팠다. 지금까지 엘피노어가 자신을 지켜 줬으니, 클레이 역시도 엘피노어를 지켜 줬어야 했다. 엘피노어는 그러길 기대했을 것이다.

하지만 이제 엘피노어를 지킬 수 없을지도 모른다. 클레이가 도저히 갈 수 없는 어딘가로 끌려가 버렸으니까.

밤바람이 점점 거세졌다. 나무 우듬지는 마치 여러 세계가 만나는 이 밤이 마음에 안 든다는 듯 설레설레 흔들렸다. 귀뚜라미도 노래를 멈췄다.

그러던 어느 순간, 마법의 행렬이 시작됐다. 기다란 초록 로브를 입고 머리에는 화관을 쓴 짐승들이었다. 모두 횃불을 들고 두 줄로 서서 걸으며 시간이 시작될 때부터 전해져 온 오래된 노래를 읊조렸다. 그중 여덟은 스스로 빛나는 거대한 달을 짊어지고 있었다. 알을 깨고 막 나오려는 병아리처럼 달 속에서 무언가의 그림자가 움직이는 게 보였다.

행렬은 소원을 이루어 주는 호수 쪽으로 사라졌다.

두 아이는 그때까지 숨을 참고 있었다. 엄숙한 행렬이 지나간 뒤에야 다시 폐허를 뒤지기 시작했다.

"탑 어딘가에 분명히 문이 있겠지?"

클레이가 그렇게 말한 순간이었다.

"클레이 형제! 여기 있어, 여기 있다고!"

에이모스가 다리로 뾰족한 블랙베리 덤불을 헤치더니 가지를 밟아 한쪽으로 치웠다. 덤불에 가려져 있던 탑의 벽에 아주 오래된 철문이 달려 있었다.

클레이가 에이모스 옆으로 달려갔다. 에이모스는 손에 들고 있던 열쇠를 철제 자물쇠에 집어넣었다. 딱 맞았다.

"같이 돌리자. 그러면 더 운이 좋을 테니까."

에이모스가 말했다. 둘은 함께 열쇠를 돌렸다.

잔뜩 녹슨 자물쇠는 꼼짝도 하지 않았다. 힘주어 돌리자, 안에서 무언가 짤깍짤깍하는 소리가 났다. 둘은 조심스럽게 한 번 더 힘을 주

었다. 그러자 끽 하는 듣기 싫은 소리와 함께 열쇠가 돌아갔다.

문이 활짝 열렸다. 따뜻한 여름밤으로 지하의 차가운 공기가 쏟아져 나왔다.

어두운 지하로 내려가는 오래된 돌계단이 보였다.

"산아래 왕국으로 들어가는 왕국이라니."

클레이는 놀랍다는 듯 중얼거렸다.

에이모스가 클레이를 꽉 붙들었다.

"이 밑으로 내려가면 넌 죽을 거야. 넌 이방인이잖아. 인간 머리를 한 사람이라고."

"그러면 우리 작전을 세워야겠네."

"나도 죽일 거고."

"방법이 하나 있어."

클레이가 말을 이었다.

"만약 우리가 올빼미 머리보다, 인간 머리보다 더 낯선 존재라면 어떨까? 너희 종족 큰어른들은 산아래 왕국의 언어를 할 줄 알던데, 너도 할 수 있어?"

"전문가는 아니야. 내가 아는 거라곤 그저 여행자들이 쓸 만한 말 몇 마디가 다야."

"그거면 충분해."

클레이는 친구의 가슴을 쿡 찔렀다. 그러더니 자기가 생각한 계획을 설명했다.

둘은 우선 파티 손님들이 외투를 걸어 놓은 나무로 다시 달려갔다. 에이모스가 내내 "클레이 형제, 이건 정말 형편없는 작전이라고." 하며 투덜투덜 망을 보는 사이, 클레이는 나무에 걸린 외투를 이리저리 밀치고 눈대중으로 재어 보았다. 그러다 마침내 자기가 찾던 것과 딱 맞는 코트 한 벌을 발견했다. 두꺼운 비단으로 된 은빛 코트였다. 클레이는 코트를 둘둘 말아 겨드랑이 사이에 끼웠다.

"됐다."

클레이는 탑 쪽으로 다시 몸을 돌렸다.

"클레이 형제, 정말 그 개한테 이런 위험을 감수할 가치가 있어?"

클레이는 걸음을 멈추고 에이모스를 노려보았다.

"너도 엘피노어를 만나 봤잖아. 무슨 설명이 더 필요해?"

그 말에 에이모스도 고개를 끄덕였다.

둘은 탑으로 돌아갔다. 세찬 바람에 나무 우듬지가 이리저리 흔들렸다. 저 멀리서 누군가의 목소리와 음악 소리가 바람결에 실려 왔다.

"가자."

클레이는 그렇게 말한 뒤 문 안으로 한 발을 내디뎠다.

오래된 계단에서는 퀴퀴한 냄새가 풍겼다. 클레이가 가져온 손전등을 켜야 했다. 빛이 한 점도 없는 곳에서는 올빼미도 앞을 볼 수 없기 때문이었다.

둘은 계단을 한없이 내려가고 또 내려갔다. 춥고 깜깜하고 소리가 텅텅 울리는 계단을 조심조심 내려가는 사이, 클레이는 엘피노어가

행복해하던 순간들을 떠올렸다. 막대기 던지기 놀이를 하던 때, 침대 위에서 몸을 둥글게 말고 자던 모습, 아침이 오면 느릿느릿 흔들던 꼬리……. 밥을 주면 엘피노어는 얼른 놀고 싶어서, 얼른 하루를 보내고 싶어서 밥을 꿀꺽꿀꺽 삼켰다. 클레이는 울고 싶지 않았다. 계단은 어둠과 우울, 냉기 속에서 끝없이 구불구불 이어졌다.

이보다 더 깊이 내려갈 수는 없다고 생각한 순간, 아래에 반짝이는 빛이 보였다. 클레이가 얼른 손전등을 껐다. 둘은 아까보다 더 조심스러운 걸음으로 계단을 내려갔다.

계단이 끝나자 아치형 통로가 나왔다. 아치 너머에는 푸르스름한 빛이 있었다. 둘은 살금살금 나가 바깥을 내려다보았다.

눈앞에 펼쳐진 광경에 둘은 숨을 참았다.

18장

에이모스와 클레이의 눈앞에 펼쳐진 건 산아래 왕국의 궁전 중심부였다. 성탑들은 하도 높아서, 몇 개는 동굴 천장을 찌를 기세로 솟아 있었다. 천장에 박힌 보석이 일종의 인공 태양처럼 동굴 전체를 은은하게 밝혔다. 이 궁전 속 미로처럼 얽힌 방들과 안뜰 어딘가에 엘피노어가 있겠지.

산아래 왕국은 하지 축제로 시끌시끌했다. 하지만 궁전 안뜰은 텅 비어 있다시피 했다. 여왕과 그 친구들은 땅 위로 올라가 숲의 사람들 앞에서 뽐내고 있는 모양이라고 클레이는 생각했다.

노룸베가산 아래 깊은 땅속에 있다니 기분이 이상했다. 이 비밀스러운 도시가 발밑에 있는 줄도 모르고 그 위에서 평생을 살다니. 클레이가 집에서 조용하고 따분한 나날을 평범하게 흘려보내는 사이, 이곳에선 기적 같은 일이 일어나고 있었다.

"지금부터 여행자 행세를 시작해 보자."

클레이는 그렇게 말한 뒤 한쪽 무릎을 꿇었다.

에이모스가 조심스레 클레이의 어깨에 올라탔다. 클레이가 벽에 기대자, 에이모스는 어깨 위에서 비틀거렸다. 그 뒤 클레이가 은빛 코트를 꺼내 펼쳤다. 소매는 모두 네 개였다. 클레이는 올빼미 머리를 한 친구에게 코트를 건넸다. 그다음에는 종이 반죽으로 만든 용 가면도 건넸다.

잠시 후 파티에 참석한 엘프 한 무리가 지나갔다. 그들은 큰 소리로 떠들어 대며 가느다란 성탑을 손가락질했다. 엘프 무리가 지나가자, 팔 네 개에 엉성한 용 머리를 한 기묘한 괴물이 몸을 일으켰다.

여러 세계가 만나는 밤이었다. 파티에 참석한 이들은 낯선 손님을 크게 신경 쓰지 않았다. 만약 이 손님이 인간 머리 아니면 올빼미 머리가 달린 존재라는 걸 알았더라면 분명 경비병을 불렀을 것이다. 그러나 이 손님은 어디까지나 머나먼 세계에서 찾아온 이상하고 너저분한 존재일 뿐이었다.

괴물은 엘프들을 따라 안뜰을 가로질렀다. 술에 취한 것처럼 종종 비틀거리기도 했다. 그럴 때면 괴물의 배 부분에서 꼭 영어의 "미안해."와 비슷한 소리가 났다.

파티를 즐기는 이들은 격식을 갖춘 정원을 돌아다녔다. 덤불도 나무도 새와 동물 모양으로 다듬어져 있었다. 엉성한 용 머리를 단 괴물은 손님들에게서 멀어져 마구간과 개 우리가 있는 쪽으로 어슬렁어슬

링 걸어갔다.

"샴페인을 너무 많이 마신 거 아니야?"

엉성한 용 머리 괴물이 비틀거리자 파티 손님들이 외쳤다.

그 말에 괴물은 팔 네 개 중 하나를 들어 보였다.

네 소매 코트의 밑부분을 차지한 클레이는 똑바로 걸으려고 애썼다. 다행히 에이모스는 꽤 가벼운 편이었다. 새의 골격을 가졌으니 당연한 일이었다. 에이모스는 방향을 바꿔야 할 때마다 발꿈치로 클레이를 살짝 찔렀다.

코트 앞섶 틈으로 산아래 왕국의 웅장한 궁전이 언뜻 보였다. 수많은 탑이며 계단에서 일어나는 일들이 신기하기 그지없었다. 이 궁전에서 모험을 즐길 수 있으면 좋았을 텐데. 하지만 그럴 시간은 없었다. 클레이는 언젠가 어떻게든 꼭 이곳에 다시 와야겠다고 생각했다.

"내려가는 계단이야."

에이모스가 속삭였다.

클레이는 걸음을 늦추고 발끝으로 바닥을 더듬었다. 계단이 있었다. 클레이는 돌난간에 몸을 지탱한 채 조심조심 계단을 내려갔다.

엉성한 용 머리 괴물은 어느새 마구간과 개 우리가 있는 곳에 와 있었다. 마구간은 텅 비어 있었다. 왕궁의 말은 모두 축제를 위해 땅 위로 올라갔기 때문이다. 엉성한 용 머리 괴물은 비틀거리며 문을 여러 개 지났고, 에이모스는 열심히 개 우리를 찾았다.

저기 있다! 짖고 있어! 엘피노어다!

두 아이는 엘피노어가 짖는 소리를 알아들었다. 어떤 남자가 엘피노어에게 고함을 지르고 있었다. 에이모스는 몹시 흥분해서 얼른 문 쪽으로 가자고 클레이를 발로 찼다.

계단을 딱 한 칸 내려가자, 개 우리가 여럿 있었다. 겁을 먹은 엘피노어가 구석에 웅크리고 있는데, 사냥개 담당 하인이 산아래 왕국의 언어로 악을 썼다.

"우리에 들어가! 들어가라고, 이 못된 개야! 넌 아주 못된 개라고!"

클레이는 당연히 산아래 왕국의 언어를 한마디도 몰랐다. 하지만 그 목소리에 분노와 앙심이 담겨 있어서 하인의 말뜻을 정확하게 알 수 있었다.

하인이 엘피노어에게 손을 뻗자, 엘피노어는 움찔하며 도망치려 했다. 하지만 하인은 곧바로 엘피노어의 목걸이를 움켜쥐고는 거칠게 우리로 밀어 넣었다. 그 순간, 하인에게 그림자 하나가 드리웠다. 돌아보자, 문간에 기묘한 괴물이 비틀거리며 서 있었다.

"누구냐? 누가 널 들여보냈지?"

하인이 으르렁거렸다.

그러자 엉성한 용 머리 괴물은 어쩐지 올빼미를 닮은 쇳소리로 대답했다.

"손님입니다! 성을 구경하러 왔어요!"

"누구와 함께 왔지?"

하인은 주변에 다른 손님이 있는지 두리번거렸다.

"혼자입니다! 그냥 키가 클 뿐이에요!"

엉성한 용 머리 괴물이 갑자기 옆으로 비틀거렸다. 하마터면 쓰러질 뻔했다. 하인이 수상하다는 눈빛으로 괴물을 쳐다보았다. 그러자 엉성한 용 머리 괴물은 미안한 듯 변명했다.

"지구에 온 첫날이라서요."

손 네 개 중 위쪽에 있는 두 손이 기도하듯 모였다. 아래쪽에 있는 두 손은 무언가를 붙잡으려는 듯 퍼덕거렸다.

어느새 엘피노어는 몸을 반쯤 세우고 있었다. 관심이 온통 이쪽에 쏠린 듯했다. 코가 움찔거렸고, 눈은 빠르게 깜빡였다.

"착한 개구나!"

엉성한 용 머리 괴물이 말했다.

"못된 개지요! 인간 머리가 달린 자에게로 도망쳤던 놈입니다."

하인이 말했다. 하지만 엘피노어는 이제 하인이 하는 말은 전혀 신경 쓰지 않았다. 클레이의 냄새가 났다. 클레이는 분명 이곳에 있었다. 엘피노어가 뒷발로 일어서서 꼬리를 붕붕 흔들었다. 숨어 있구나! 놀이인가 봐! 엘피노어는 용 머리 괴물에게로 신나서 달려갔다.

"멈춰라!"

하인이 외쳤다.

"멈추라니까, 이 나쁜 개야!"

하인이 엘피노어를 후려치려고 나무 몽둥이를 들어 올렸다.

엘피노어는 얻어맞을지도 모른다는 생각에 얼른 옆으로 피했다. 그

래도 신나는 마음은 참을 수 없었다. 인간 아이가 날 데리러 오다니! 바로 여기 있어! 엘피노어는 클레이와 정말 비슷한 냄새가 나는 기묘하고 키가 큰 괴물을 앞발로 턱 하고 짚었다.

하인이 욕을 내뱉으며 몽둥이를 휘두르는 순간, 에이모스가 높게 비명을 지르며 몽둥이를 빼앗으려고 손을 뻗었고…… 동시에 클레이는 엘피노어 옆 바닥으로 벌렁 넘어지고 말았다.

엉성한 용 머리 괴물은 그렇게 산산이 해체되고 말았다. 클레이는 바닥에 넘어졌고, 에이모스는 빼앗은 몽둥이로 하인을 위협하며 한 발 한 발 앞으로 나아갔다.

하인은 개 쿠션 위에 주저앉았다.

두 아이가 네 소매 은빛 코트를 벗으려고 꿈지럭거리는 사이, 개는 기뻐서 컹컹 짖으며 아이들의 얼굴을 핥아 댔다. 이제 용 가면은 못 쓰게 되었다. 에이모스가 가면을 던져 버리고 일어섰다.

"어서 가자. 계단 쪽으로 달려! 엘피노어, 가자!"

클레이가 외쳤다. 셋은 개 우리와 마구간을 빠져나와 달렸다. 엘피노어는 지금 땅 위 세상으로 간다는 사실을 알고 있었다. 하지만 엘피노어는 숲속 탑으로 연결되는 계단이 있다는 사실을 모르고 있었다……. 그래서 개는 두 소년을 등지고 반대편으로 달렸다.

"엘피노어! 이쪽이야!"

클레이가 부르짖었다. 격식 갖춘 정원 사이로 난 자갈길에 서서, 엘피노어를 보며 양팔을 흔들어 댔다.

"엘피노어, 안 돼! 이쪽으로 오라니까!"

엘피노어는 클레이를 무시하고 아치가 있는 쪽으로 달려갔다.

클레이의 목소리를 들은 경비병들이 성벽에서 아래를 내려다보았다. 몇몇 경비병이 계단을 내려오기 시작했다.

클레이는 자기 말을 알아듣지 못하는 엘피노어에게 잔뜩 화가 났다. 결국 개를 따라 달리며 계속 고함쳤다.

"엘피노어, 안 돼! 거기가 아니라니까! 이리 와, 착하지!"

에이모스도 클레이 뒤를 쫓아 달렸다.

"클레이 형제! 돌아가야 해! 이대로 따라가면 성의 중심부로 가게 된다고!"

엘피노어는 계단을 뛰어올랐다. 그러더니 잠깐 멈춰 서서, 두 아이가 잘 따라오는지 확인하려고 돌아보았다. 클레이가 개를 따라잡을 수 있겠다고 생각한 바로 그 순간, 개는 다시 쏜살같이 달리기 시작했다.

"엘피노어!"

클레이가 외쳤지만, 마지막 계단을 오른 엘피노어는 그대로 사라져 버렸다.

19장

클레이는 온 힘을 다해 달렸다.

경비 대원 한 명이 클레이를 막아섰다. 클레이는 심호흡했다. 경비 대원을 피해 갈 방법이 없었다. 그래서 두 아이는 경비 대원을 온몸으로 들이받아 쓰러뜨린 뒤, 엘피노어를 쫓아 계속 달려갔다.

그때, 눈앞에 엘피노어의 모습이 보였다. 금으로 만든, 곤돌라를 닮은 기계에 올라타 차분하게 두 소년을 기다리고 있었다. 기묘한 기계 겉면은 석고로 만든 큐피드, 화관, 금박 입힌 포도 같은 무늬로 온통 장식되어 있었고, 기다란 전선이 동굴 천장까지 연결되어 있었다.

에이모스와 클레이가 올라타자마자, 전선에 매달린 곤돌라가 출렁 흔들렸다.

경비 대원이 아이들을 쫓아 달려와 자기네 말로 고함을 질러 댔다.

"이걸 타고 올라갈 수 있어! 엘피노어는 우리에게 땅 위로 올라가는 법을 알려 주려고 했던 거야!"

"어떻게 올라간다는 거야, 클레이 형제?"

클레이의 눈에 시소처럼 생긴 손잡이가 들어왔다. 손잡이는 놋쇠로 된 복잡한 기계 장치와 연결되어 있었다.

에이모스에게 더 설명할 것도 없었다. 어떻게 해야 할지 분명히 알 수 있었으니까. 둘은 시소 양쪽으로 달려가 한 쪽씩 붙잡고 삐걱삐걱 소리를 내며 번갈아 올렸다 내렸다를 반복했다.

자갈 위에 놓여 있던 곤돌라가 전선에 매달려 허공으로 올라가기 시작했다.

두 아이는 계속해서 시소를 움직였다. 궁전이 금세 저 아래로 멀어졌다. 만족한 엘피노어는 빨간 벨벳 의자에 앉아 열심히 기계를 작동하는 둘을 구경했다.

천장까지 절반쯤 올라갔을 때, 내려가고 있는 또 다른 곤돌라가 보였다. 반짝이는 파티 복장에 머리에는 화관을 쓴 엘프 승객들이 아이들과 개를 보고는 깜짝 놀라 손가락질하며 고함을 질렀다.

에이모스와 클레이는 멈추지 않았다. 곤돌라는 높이, 높이, 높이 올라갔다. 이제는 도시 전체가 한눈에 보였다. 어둠 속으로 뻗어 나간 지하 호수도 보였다. 이제 곤돌라는 동굴 전체를 밝히는 보석 태양 바로 옆까지 올라와 있었다.

다음 순간, 아이들은 땅 위로 연결된 터널로 들어섰다. 팔이 아팠다. 숨도 가빠 왔다. 심지어 올빼미 소년의 예리한 눈도 지쳐 보였다.

하지만 땅 위로 올라가야 했다. 두 소년과 개는 기둥 위로 솟은 언덕 속에 있었다. 숲속을 둥둥 떠다니는 횃불과 반딧불이 보였다. 춤추는 사람들도, 한 시간 반 전까지 함께 즐기던 파티도 보였다. 그리고 솟아오른 언덕을 지키고 선 경비 대원도 보였다.

엘피노어는 곤돌라에서 훌쩍 뛰어내리더니 경비 대원을 그대로 지나쳐 달려갔다. 개는 아이들을 돌아보며 얼른 따라오라는 듯 씩 웃었다. 잠깐이지만 경비 대원은 그저 평범한 엘프하운드 한 마리가 달려갈 뿐이라고 생각했다.

그때 남자아이 둘이 튀어나왔다. 경비 대원이 모두에게 소리쳐 경고한 뒤 궁전에서 탈출한 엘피노어를 잡으러 달려가기 시작했다.

나팔 소리가 들렸다. 사람들은 산아래 왕국을 거스르는 이들이 있다는 사실에 깜짝 놀랐다. 음악이 멈췄다. 춤도 멈췄다. 두 아이와 개 한 마리가 경비 대원들에게 쫓기며 숲속을 달리는 모습을 모두가 공포에 질린 눈으로 바라볼 뿐이었다.

"이제…… 어떻게 해? 어디로 가?"

클레이가 헉헉거리며 물었다.

"모르겠어……. 정말 모르겠어, 클레이 형제. 안전한 곳이 어디에도 없어."

"우리 집에 가자!"

"산아래 왕국 사람들은 벽이 아예 존재하지도 않는 것처럼 뚫고 들어갈 수 있다고."

앞에서도 뒤에서도 뿔 나팔 소리가 울려 퍼졌다.

둘은 앞으로 달려갈 수도, 뒤로 달려갈 수도, 그렇다고 달리기를 멈출 수도 없었다. 클레이가 미친 듯이 주변을 두리번거렸다. 희망이 없어 보였다.

그런데 그 순간, 좋은 아이디어가 떠올랐다.

"이쪽으로!"

클레이는 그렇게 외친 뒤 갑자기 방향을 바꿨다. 그 모습을 본 엘피노어도 달려와 앞장섰다. 클레이와 에이모스는 비틀거리면서 엘피노어를 따라 달렸다.

"어디로 가는데?"

에이모스가 물었지만 클레이는 대답하지 않았다. 등 뒤에서 경비대원들이 쫓아오고 있었다. 그리고 아이들의 눈앞, 숲속에서는 사냥대가 쏟아져 나왔다. 엘피노어의 형제자매, 귀족 신사와 숙녀, 게다가 사냥 대장까지 있었다. 사냥대가 또 한 번 뿔 나팔을 불었다.

클레이는 양팔을 들고서 분노의 고함을 토해 냈다.

몇 킬로미터 떨어진 게렌퍼드 마을에서 농장이나 목장을 하는 사람들은, 하지 전날 밤 산에서 울려 퍼지는 으스스한 나팔 소리에 몸서리쳤다. 아침이 올 시간이었지만 농장 사람들은 이 나팔 소리가 누군가, 아주 운 나쁜 누군가가 살아서 새벽을 보지 못하리라는 뜻임을 알았기 때문이다.

20장

　그날 밤 이후 숲의 주민들은 오랜 시간이 지난 뒤에도 그때 그 하지 축제가 어느 때보다 신나는 파티였다고 이야기할 터였다. 바로 인간 머리 소년이 산아래 왕국의 엘프하운드 한 마리를 훔쳐 달아나려 했던 밤 말이다. 사실 숲의 다른 주민들은 산아래 왕국 사람들을 그리 좋아하지 않았다. 종종 냉정하고 잔인한 데다가, 말하고 언쟁할 줄 아는 존재를 사냥하기까지 하니까. 그렇기에 뿌리에, 바위에, 연못 속에 깃들어 사는 괴물들은 클레이와 에이모스 그리고 엘피노어가 노룸베가산 아래 깊은 땅속에서 온 오만하고 냉혹한 귀족들과 맞서는 모습을 보고 남몰래 기뻐했다.

　두 아이와 개가 사냥대를 피해 달려가는 동안, 마법에 걸린 숲속 존재들은 다들 멀찍이 떨어져 그 모습을 운동 경기 보듯이 구경했다. 감히 도울 생각 따위는 하지 않았다. 물론 아이들이 파티장을 헤집고 달려가는 동안에도, 뿔이며 수염이 난 손님들은 아무것도 모르는 척, 마치 평소와 다름없는 파티가 벌어지는 척, 서로를 바라보며 평범한 대화를 나누었지만 말이다.("바람이 심한 저녁이군요, 그렇죠?"나 "말베이즈, 그동안 어디 있었어요?" 같은.) 잔인한 사냥대가 손님들을 뚫고 지나가며 자기네 말로 "비켜! 움직여!" 하고 고함쳤다. 그러나 아이들과 개가 멀리 달려가기 전까지 손님 중 누구도 굳이 서둘러 사냥대에게 길을 터 주지 않았다.

"술 한 잔 드릴까요?"

머리끝이 뾰족한 짐승이 왕실 사냥대에게 그렇게 묻기도 했다.

클레이는 온 힘을 다해 달렸다. 아빠가 숲속에서 거리를 계산하는 법을 알려 준 터라, 목표 지점까지 500미터도 남지 않았다는 걸 알고 있었다. 거기까지만 가면, 그때부터는 또 다른 작전이 있었다.

엘피노어는 어디로 가는지도 모르면서 앞장서서 달렸다. 때로는 걸음을 멈추고 뒤를 돌아보며 클레이의 명령을 기다리기도 했다. 클레이는 엘피노어가 무척이나 빠르게 달린다는 것이 자랑스러웠다. 그래서 공포에 사로잡힌 가운데서도 엘피노어가 시속 몇 킬로미터로 달릴 수 있는지 궁금해졌다. 하지만 어쨌든 클레이는 쓰러지기 직전이었다. 숨도 간신히 쉬었다. 심장이 세차게 뛰었다.

사냥대는 파티 손님들 사이를 뚫고 나와 다시 두 아이를 쫓았다. 먼저 사냥개들이 짖고 날뛰며 사방을 에워쌀 테고, 그 뒤로 말 탄 기수들이 따라오리라는 걸 클레이는 알았다.

다음 순간, 클레이와 엘피노어 그리고 에이모스는 숲을 빠져나와 호수에 도착했다. 달빛이 수면에 반사되고 있었지만, 바람이 너무 세차게 불어 물결이 풀투성이 기슭에 닿을 정도로 철썩였다.

　"소원을 이뤄 주는 호수잖아!"

　에이모스가 외쳤다.

　"맞아. 저기, 사과나무가 있는 곳까지 갈 수 있겠어?"

　에이모스는 곧바로 클레이의 말뜻을 알아들었다. 드디어 소원을 빌 때였다. 클레이와 엘피노어를 구하려면 오로지 소원을 비는 방법밖에 없었다. 클레이는 반드시 저 사과나무에 다다라야 했다.

　엘프하운드 무리가 이미 그들을 에워쌌다. 엘피노어는 계속 달렸다. 하지만 두 아이는 컹컹거리고 으르렁거리며 짖어 대는 개들에게 둘러싸였다. 수백 개나 되는 날카로운 송곳니와 발톱을 가진 개들이었다.

　클레이는 호수 건너편의 사과나무들을 간절한 눈길로 바라보았다.

　'결국 실패구나. 인간 세계에서 엘피노어와 함께 살고 싶다는 소원은 영영 빌 수 없게 된 거야.'

　말을 탄 사냥대가 숲을 나와 호수로 다가오는 게 보였다. 그들은 잔인하게 웃고 있었다. 두 아이가 펄쩍펄쩍 뛰는 잔혹한 사냥개 무리에 에워싸인 모습을 본 것이다.

　"안 돼, 포기하지 마! 할 수 있어! 저기까지 갈 수 있다고!"

　클레이는 그렇게 외치며 사과나무를 향해 달렸다.

　사냥개들이 클레이에게 달려들었다. 클레이를 끌어당기고, 물고, 할

퀴었다. 클레이는 비명을 질렀고, 얼굴을 보호하려 애쓰면서 팔을 휘둘러 개들을 밀쳐 냈다.

귀족 하나가 말 위에서 그 모습을 내려다보며 이를 드러내고 웃는 게 보였다.

"부탁이에요!"

클레이는 그렇게 외쳤지만, 지금 자신이 살려 달라고 비는 것인지, 아니면 엘피노어와 같이 살게 해 달라는 것인지 알 수 없었다.

호수 너머를 바라보자, 엘피노어가 사과나무 사이에 서서 자신을 돌아보는 모습이 보였다. 지금 클레이가 서 있어야 할 곳, 저기까지만 갈 수 있다면…… 엘피노어를 지킬 수 있을 텐데.

엘피노어는 호숫가 둑에 서서 호수 건너편에 있는 사냥 대장을 바라보았다. 개는 덜덜 떨고 있었다. 사랑하는 아이, 자신을 받아 준 인간 아이가 자신의 형제자매, 이모, 삼촌에게 에워싸인 모습이 보였다. 모두 이를 드러내고 그 애를 공격했다. 엘피노어는 차마 그 광경을 지켜볼 수 없었다.

엘피노어가 원하는 건 오로지 하나. 클레이와 안전하게 함께 살며 영원히 산아래 왕국 사람들을 만나지 않는 것뿐이었다.

그것으로 끝이었다.

소원을 이루어 주는 호수에 몰아치던 바람이 한층 더 거세졌다. 엘피노어에게는 소원이 있었고…… 사냥 대장에게도 소원이 있었다. 이 신성한 호수의 마법으로 엘피노어의 소원은 이루어졌고…… 사냥 대장의 소원은 빼앗기고 말았다.

천둥소리가 나더니 하늘이 번쩍 밝아졌다.

사냥 대원들은 누군가의 목소리를 듣기라도 한 것처럼 모두 고개를 들어 하늘을 바라보았다. 쓰러져 있던 클레이도 몸을 일으켰다. 온몸이 상처투성이였고 너무 아팠다. 사냥개들이 클레이에게서 물러났다. 클레이는 도망치려고 힘겹게 기어갔다. 숨조차 잘 쉬어지지 않았다.

그런데 사냥개들도, 잔인한 사냥꾼들도, 더는 클레이에게 아무런 관심을 보이지 않았다. 그저 하늘에 귀를 기울이며 기다릴 뿐이었다.

그 순간, 눈에 보이지 않을 정도로 빠르게 하늘에서 번쩍하고 번개가 치더니, 사냥대 전체가 녹아내렸다. 말도, 말을 탄 기수도, 개도, 채찍도, 박차도…… 전부 무너져 내렸다. 꼭 분수가 꺼지며 물줄기가 꺾이는 것처럼, 다들 흐물흐물 땅으로 흘러내렸다.

클레이와 에이모스는 충격에 사로잡혀 서로 마주 보았다. 누군가의 소원이 이루어지고, 그 대신 누군가 소원을 빼앗기는 순간이었다.

사냥대는 사라졌다. 모두가 땅속, 개 우리와 성이 있는 곳으로 불려 내려갔다. 바람이 불어 호숫가의 풀이 흔들렸다. 산아래 왕국 사람들이 여기 있었다는 흔적은 오로지 진흙에 남은 말발굽 자국뿐이었다.

천천히 동이 트며 하지 전날 밤이 끝났다. 엘피노어는 사랑하는 클레이 그리고 그의 친구 올빼미 소년이 있는 호수 반대쪽으로 달려왔다. 앞으로 영원히 안전하게 함께 살 수 있도록.

엘피노어는 클레이의 얼굴을 핥았다. 개들이 발톱으로 할퀴어 피투

성이였다. 에이모스는 옆에 서 있었다. 풀은 발굽에 짓이겨져 있었지만…… 말들은 어디에도 보이지 않았다.

"클레이 형제, 이제 괜찮아?"

에이모스가 손을 내밀었다.

"응."

클레이는 그렇게 대답하고는 엘피노어를 끌어안았다. 클레이가 몸을 일으키려고 하자, 엘피노어가 앞발을 들고 가슴으로 뛰어든 것이다.

"고마워."

클레이가 말했다.

"네가 산아래 왕국 사람들을 이겼어."

에이모스가 말했다.

"우리가 이긴 거지."

두 아이는 주위를 둘러보았다. 나뭇가지와 나뭇잎 사이, 하지 전날 밤의 축제를 끝내고 각자의 소굴이나 구멍, 비밀스러운 마을로 돌아갈 준비를 하는 손님들이 보였다.

그러나 올빼미 머리 사람들은 풀밭에 한 줄로 서 있었다. 올빼미 마을의 큰어른인 모데나이 형제와 헤스터 자매가 둘에게 다가왔다. 풀을 빳빳하게 먹인 옛날 옷을 입고 있었지만, 둘 다 사나워 보였다.

"인간 머리 클레이."

헤스터 자매가 입을 열었다.

"너는 우리와의 맹세를 어기고 춤추는 언덕으로 돌아왔다. 왕실 사낭대가 이미 너희 집을 망가뜨렸으니……."

"뭐라고요?"

클레이가 소리 질렀다.

"너에게는 다른 벌을 주마. 네가 너처럼 인간 머리가 달린 종족을 다시는 우리 마을로 데려오지 못하도록 말이다."

클레이는 에이모스에게 도움을 구하는 눈빛을 보냈다. 그러나 에이모스는 마치 인사를 하다 중간에 멈춘 것처럼, 고개를 허리까지 숙이고 있을 뿐이었다.

에이모스가 입을 열었다.

"제 친구를 해치지 말아 주세요. 클레이는 좋은 친구입니다. 개를 구하기 위해 목숨을 걸고 산아래 왕국까지 다녀온 것만 봐도 알 수 있어요."

큰어른들은 아무 대답도 하지 않았다.

헤스터 자매가 말했다.

"이 개를 데려가라, 인간 머리 클레이. 그리고 산아래 왕국의 사냥대장이 소원을 빼앗긴 호수 저쪽으로 가거라. 모데나이 형제와 나는 호수 이쪽, 사과나무가 있는 쪽으로 가 하지 아침의 소원을 빌겠다."

그러더니 헤스터 자매는 앙상한 팔을 뻗어 엘피노어가 클레이와 안전하게 살고 싶다는 소원을 빌었던 사과나무 쪽을 가리켰다.

"우리는 저 개에게서 여러 세계를 오가는 능력을 빼앗겠다. 또, 우리 마을과 그곳에 사는 모두에 관한 네 기억도 빼앗겠다."

말을 마친 헤스터 자매는 아직도 고개를 떨구고 서 있는 에이모스를 노려보았다.

"에이모스를 잊게 만들지 말아 주세요! 우린 친구라고요!"

클레이가 애원했다. 하지만 모데나이 형제는 클레이의 멱살을 잡고 호수 반대편, 소원을 빼앗기는 장소로 끌고 갔다.

도망칠 곳은 없었다. 규칙을 깬 클레이는 그 대가를 치러야 했다.

"작별 인사를 하거라."

헤스터 자매가 말했다.

인간 머리와 올빼미 머리를 가진 두 아이가 서로 마주 보고 섰다. 클레이가 손을 뻗었다. 그러자 에이모스가 그 손을 잡고 흔들었다. 그렇게, 또 한 번 어른처럼 악수를 나누었다.

"안녕, 에이모스. 넌 내게 온갖 멋진 것들을 보여 줬어."

"잘 있어, 인간 머리 클레이. 우리 모험을 잊지 않을게."

두 아이가 인사를 주고받자, 헤스터 자매가 말했다.

"누구에게나 어린 시절 놀이를 잊는 때가 오는 법이란다. 이제 가려무나."

클레이는 호수 저편으로 터벅터벅 걸었다. 엘피노어는 어째서 다들 이렇게 슬픈 표정을 짓는 건지 영문을 모른 채 클레이를 따라 걸었다.

아침이 다가오며 머리 위 하늘이 붉게 물들었다. 바람은 잦아들었다. 동쪽에서 해가 떠오르고 있었다.

클레이는 잔잔한 호수 너머, 긴 코트와 넉넉한 드레스 차림으로 종이 인형처럼 뻣뻣하게 나란히 줄 지어 서 있는 올빼미 머리 사람들을 바라보았다. 그중엔 친구 에이모스도 있었다. 영원한 내 친구…….

다음 순간, 클레이는 몸을 부르르 떨며 잠에서 깼다. 아침 이슬이 온몸에 내려앉아 있었다. 하지 아침이었다. 클레이가 누워 있는 곳은 집 바로 뒤 오솔길이었다. 엘피노어는 무심하게 땅에 묻힌 여자 구두 한 짝을 파내고 있었다.

자리에서 일어난 클레이는 팔과 손에 가득한 상처를 보고도, 자기가 왜 숲에서 잠든 건지 떠올릴 수 없었다. 기억나는 것은 꿈이 전부였다. 어떤 친구가 속삭이는 목소리가 들려오는 꿈이었다.

"언젠가는."

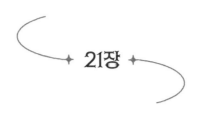

21장

집에 돌아온 클레이와 엘피노어를 보고 모두 마음을 놓았다. 온 식구가 번갈아 가며 둘을 끌어안고 소리쳤다.

"대체 어디 갔던 거니?"

엄마가 흐느끼며 물었지만, 클레이는 대답할 수 없었다.

"어쩌다 이렇게 온통 긁힌 거냐?"

아빠가 따져 물었지만, 클레이도 모르는 일이었다.

"무슨 일이 있었던 거니?"

경찰이 물었지만, 아무것도 말할 수 없었다.

"개를 다시 데려왔구나. 잘했어."

디로시가 속삭였다.

"올빼미 소년은 어떻게 됐어?"

"올빼미 소년이라니?"

클레이는 혼란스러웠다.

오브라이언 가족의 집은 난장판이었다. 창문이 전부 깨지고, 안에 있는 것은 모조리 박살 나 있었다.

이런 짓을 저지른 게 누군지 확실히 말할 수 있는 사람은 없었다. 다만 아마도 오브라이언 가족의 집을 망가뜨린, 말을 탄 망나니 부자들이 클레이를 쓰러뜨렸고, 바닥에 머리를 부딪치는 바람에 기억을 잃어버린 거라고 식구들 대부분은 생각했다. 경찰은 용의자를 찾고 있었다.

그러나 범인은 영영 나타나지 않을 것이고, 게렌퍼드 마을 토박이들은 그 이유를 이미 알았다.

집이 망가져서 단 하나 좋은 점이 있다면, 오브라이언 가족이 앞으로 어떻게 할지 결정을 내릴 때까지 두 달간 클레이의 친구인 리바이네 농장에서 지내게 됐다는 사실이다. 클레이는 몇 달만에 진짜 리바이를 만나게 되었다. 두 가족과 함께 놀게 되어 신난 엘피노어를 친구에게 자랑할 수도 있었다. 엘피노어는 모두에게 사랑받았다. 물론 그전에 소는 네 적이 아니라고 엘피노어를 설득해야 했지만 말이다.

아이들은 개와 함께 헤엄치고, 공과 원반을 던지며 놀았다. 엘피노어는 밧줄 그네를 나무에 매단다든지 강에 뛰어드는 것처럼 인간들이 인간들만 하는 괴상한 일을 하는 모습을 구경하는 게 좋았다

엘피노어는 강기슭의 돌을 뒤져 가재를 찾았다. 클레이와 함께 어디든 갔고, 밤에는 클레이의 팔을 베고 드릉드릉 코를 골았다.

클레이의 부모님은 망가진 집을 어떻게 해야 하나 고민이 컸던 나머지, 이제는 전 세계를 휩쓴 전염병을 걱정할 짬이 없었다. 오브라이언 가족이 다 같이 자는 방에 단둘이 있을 때면 부모님은 목소리를 낮추고 돈이라든지 보험 따위 일을 놓고 말씨름을 벌였다. 하지 전날 밤에 생긴 손실을 해결할 수 있을지 부모님도 전혀 알 수 없었다.

어느 날, 클레이의 기억 하나가 돌아왔다. 아주 희미한 기억이었다. 노룸베가산 근처 숲이라든지, 불가리안 엘프하운드를 만난 날을 떠올릴 때마다 늘 혼란스럽기만 했으니까.

"엘피노어의 예전 목걸이는 어디 있어요? 내가 처음 개를 발견했을 때 하고 있던 것 말이에요."

"왜?"

엄마가 되물었다.

"왜냐하면 제 생각엔……."

클레이는 생각하려 애썼지만, 앞뒤가 맞는 생각은 떠오르지 않았다. 그래서 다시 한번 생각했다.

"엘피노어의 예전 주인은 부자였던 게 확실해요. 그러니 목걸이에 달린 건 아마 진짜 보석일 거예요."

"말도 안 되는 소리! 그 보석들이 얼마나 컸는데. 개 목걸이에 진짜 보석을 다는 사람이 어디 있니?"

하지만 클레이는 고개를 저으며 계속 우겼다.

"엘피노어는 엄청난 부자가 키우던 개라니까요."

아빠와 엄마는 서로를 쳐다보았다. 별로 행복한 표정은 아니었다. 두 사람은 입을 다물지 못했다.

"맞아요!"

디로시도 별안간 들떠서 끼어들었다.

"클레이 말이 맞아요. 그 목걸이 어디 있어요? 그게 다 진짜 보석이라면 우리 문제도 전부 해결되잖아요!"

엄마는 고개를 저었다.

"우리도 모른단다. 버렸거든. 클레이, 그 목걸이는 이제 없어. 벌써 몇 주 전에 쓰레기통에 버렸는걸."

디로시가 고함쳤다.

"농담이죠? 정말이에요? 믿을 수 없어! 바보 같아!"

아빠는 엄마한테 그런 식으로 말해선 안 된다며 디로시를 엄하게 꾸짖었다. 고함 소리로 시끄러워지기 전, 주니퍼는 얼른 자리를 떠나 버렸다.

그동안 클레이는 천장만 바라보았다. 기억 속에서 뭔가 꿈틀거렸다. 클레이가 중얼거렸다.

"산아래 왕국 사람들."

클레이는 웬 리조트에서 묵는, 말을 탄 부자들 때문에 머리를 다친 게 아니었다. 산아래 왕국 사람들에게 노여움을 샀던 것이다. 또, 왕궁이 있었다. 그런 일이 어떻게 가능하담? 꿈일 거야. 하지만 모든 게 또렷이 기억났다. 탑, 그리고 어떤 기계를 작동했는데……. 친구와 함께였어……. 하지만 그 친구는 누구지? 리바이는 아니었다. 웨이도 아니었다. 폴 버스나브스키도 아니었다.

클레이는 부모님에게 야단맞던 디로시에게 불쑥 말을 걸었다.

"누나, 숲에서 있었던 파티에 대해 아는 걸 전부 말해 줄래?"

그러자 디로시는 덫에 걸린 눈빛으로 클레이를 바라보았다.

부모님도 화가 나서 덧붙였다.

"그래, 디로시. 숲에서 있었다는 엄청난 파티 이야기를 '우리한테도' 들려주렴."

팽팽한 분노가 폭발하기 직전, 주니퍼가 나타났다.

"엘피노어의 목걸이에 달려 있던 다이아몬드가 필요한 거야? 내가 반짝이 가면에 다 붙였는데."

그러면서 주니퍼가 두꺼운 종이로 만든 가면을 들어 보였다. 끔찍하게 못 만든 가면이었다. 눈이 있는 자리는 가위로 아무렇게나 구멍을 뚫었고, 입은 비뚤어졌고, 온통 접착제와 스팽글이 덕지덕지 붙어 있었다. 하지만 가면의 코, 눈썹, 이는 모두 커다랗고 귀한 보석이었다. 아침 해를 받아 황홀하게 빛나는 보석.

"쓰레기통에 목걸이가 있길래 내가 다이아몬드만 떼어 냈어. 멋진 가면을 만들고 싶었거든."

오빠도, 언니도, 엄마도, 아빠도, 주니퍼를 보고 입을 떡 벌렸다.

"아이고, 잘했다. 정말 잘했어, 주니퍼."

아빠가 안도의 한숨을 내쉬었다.

엄마는 가면을 받아 들어 보석을 햇빛에 비춰 보았다.

"어머, 어머나. 맞아. 진짜 보석인가 봐. 정말 진짜구나. 자세히 안 봐도 알겠어."

"전 자세히 봤다고요."

주니퍼가 말했다.

"주니퍼, 우리가 너한테 가면을 새로 만들어 주고, 이 가면은 뜯어서 우리 가족을 위해 쓰면 어떨까?"

아빠도 엄마를 거들었다.

"이것만 있다면 이 동네 다른 집으로 이사 갈 수도 있겠는걸. 숲에서 좀 떨어진 곳은 어때?"

숲……. 클레이는 숲을 다시 보고 싶었다. 서서히 기억이 돌아오고 있었다.

그날 오후, 클레이는 디로시와 함께 자전거를 타고 예전 집을 찾았다. 엘피노어가 두 아이를 따라 달려왔다. 남매는 자전거를 덤불 속에 밀어 두었다.

고작 이틀 전까지 살던 집인데도, 마치 처음 보는 곳처럼 낯설었다. 벌써 오래된 폐허 같기도 했다. 창문이 있던 자리엔 유리 한 조각 남아 있지 않고 구멍만 뚫려 있었다. 지붕이 내려앉은 곳도 있었다. 클레이의 상상일까, 아니면 정말로 집 주변의 식물들이 그사이에 더 무성하게 자라 버린 걸까? 마당의 잔디가 들판의 잡초만큼이나 높이 자라 있었다. 현관문을 벌컥 열자, 오렌지색 소나무 바늘잎이 집 안에 온통 흩어져 있는 게 보였다. 조만간 집 안과 밖이 구별되지 않을 것 같았다. 두 아이는 자신들이 살던 집을 바라보았다.

"숲에서 멀리 떠나고 싶지 않아. 난 늘 여기 살았는걸."

클레이 말에 디로시가 대꾸했다.

"그 보석만 있으면 부모님은 마을 어디든 새 집을 지을 수 있을걸. 바이러스도 언젠가 사라질 테고. 우리가 이렇게 외진 곳에 살 필요는 없어."

클레이는 집으로 다가가 벽에 고개를 기댔다.

"난 이 집에 계속 살고 싶어. 분명 이 숲엔 뭔가 있어. 기억 나지 않지만……."

디로시가 눈살을 찌푸렸다.

"하나도 기억 안 나?"

"뭐가?"

클레이가 되물었다.

두 아이는 오솔길을 걸어 숲으로 들어갔다. 엘피노어가 두 아이를 앞질러 흰 줄무늬처럼 쏜살같이 숲을 헤치고 달렸다.

디로시는 자기가 아는 것들을 클레이에게 이야기해 주기 시작했다.

진정한 우정은 결코 잊을 수 없다. 왜냐하면 그 우정을 떠올리게 하는 것들이 너무 많으니까. 디로시는 동생에게 올빼미들이 사는 마을 이야기를 해 주었고, 그 말에 클레이는 한 소년을…… 아니, 올빼미를…… 그래, 올빼미 소년을 떠올렸다. 팔에 난 긁힌 상처들을 보자

사냥대가, 사냥대에 쫓겨 달아나던 때가, 자기 편이 되는 대가로 목숨을 걸었던 친구가 떠올랐다. 디로시는 파란 얼굴의 거인 버드 이야기도 해 주었다. 그러자 엘피노어가 거인의 콧구멍에 대고 짖는 바람에 거인이 깨어난 게 떠올랐다. 안개 속에서처럼 기억이 서서히 한 조각씩 나타났다. 파티, 궁전, 아무도 모르는 곳들의 이야기.

물론, 이제 다시는 가 볼 수 없는 곳이었다.

엘피노어는 숲으로 돌아왔다는 사실에 기뻐하며 내달렸다. 아슬아슬한 돌담 위에도 올라갔다가 산 위에서 흘러오는 냇물을 할짝할짝 핥았다. 예전에 알던 곳들이 보이지 않는다는 사실을 엘피노어는 전혀 신경 쓰지 않았다. 사실 엘리노어는 땅속에 반쯤 묻힌 파란 거인보다 숲속에서 낮게 우는 야생 칠면조가 더 좋았다. 그저 햇볕 내리쬐는 바깥에 나와서 자기 무리, 이 인간 머리가 달린 남매 옆을 뛰어다니는 것만으로 행복했다.

둘은 노룸베가산의 비탈로 이어지는 길을 따라갔다. 나무에 매달린 시계 옆을 지나갔지만, 둥글게 늘어선 바위라든지 숨겨진 호수 같은 건 보이지 않았다. 둘은 언덕을 올랐다. 사시나무와 자작나무 숲은 색이 짙은 가문비나무와 달짝지근한 향기를 풍기는 전나무 숲으로 서서히 바뀌었다. 사방에서 겨울바람을 맞은 나무들은 꼭대기에 가까워질수록 난쟁이처럼 땅딸막해졌다.

산꼭대기에 있는 건 화강암과 풀 조금이 전부였다. 사방이 모두 새파란 하늘이었다. 디로시는 올라왔던 방향의 반대편으로 걸어 내려가

한 번도 가 본 적 없지만 언젠가는 가 보고 싶은 도시들을, 어른이 되면 살고 싶은 장소들을 내려다보았다. 클레이는 기분 좋게 헐떡이는 개 옆에 앉아서 숲을 내려다보았다. 올빼미 머리 언덕이 보였다. 이제 마을 같은 건 보이지 않았다. 소원을 이루어 주는 호수를, 올빼미 소년 에이모스를 생각했다. 모두 저기 어딘가에 있겠지. 영영 잊지 않기로 했다. 산 위에서 흘러내린 시냇물이 강물과 만나는 모습이 보였다. 산을 지나온 강들이 고속 도로와 다른 주의 교외 지역으로 뻗어 나가는 모습도 보였다.

소년과 개는 산꼭대기에 함께 앉아서 다음에 어떤 일이 일어날지 기다렸다.

지은이 M. T. 앤더슨
전미도서상 최종 후보작 《피드》, 전미도서상 수상작이자 마이클 L. 프린츠 명예상을 받은 《옥타비안 낫싱, 검은 반역자》를 썼습니다. 어린이와 청소년을 위한 책으로는 《죽은 자들의 도시를 위한 교향곡》, 《이베인》, 《사자의 기사》, 《조작된 세계》 들이 있습니다. 유진 옐친과 함께 쓰고, 옐친이 그림을 그린 《브랭그웨인 스퍼지의 암살》은 전미도서상 최종 후보에 올랐습니다. 매사추세츠주 보스턴 인근에 살고 있습니다.

그린이 준 이 우
테레사 로버슨의 《베이징의 두 자전거》, 린지 H. 멧칼프의 《과학자 비어트릭스 포터》, 그리고 뉴베리 명예상을 받은 크리스천 맥케이 하이디커의 《어린 여우를 위한 무서운 이야기》를 비롯한 여러 책에 그림을 그렸습니다. 아트센터 디자인 대학교를 졸업하고 캘리포니아주 오렌지카운티에서 활동하고 있습니다.

옮긴이 송섬별
다른 사람을 더 잘 이해하고 싶어 읽고 쓰고 번역합니다. 청소년과 어른을 위한 책과 함께 《황금성》, 《그리고 미희답게 잘 살았습니다》, 《눈과 보이지 않는》, 《스너그들의 신기한 땅》 같은 어린이책도 옮겼습니다. 물루와 올리버라는 두 마리 고양이와 함께 서울에 살고 있습니다.

 고학년 002

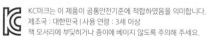

초판 1쇄 인쇄 2024년 12월 2일 **초판 1쇄 발행** 2024년 12월 23일
ISBN 979-11-5836-510-3, 979-11-5836-491-5 (세트)

펴낸이 임선희 **펴낸곳** ㈜책읽는곰 **출판등록** 제2017-000301호
주소 서울시 마포구 성지길 48 **전화** 02-332-2672~3 **팩스** 02-338-2672
홈페이지 www.bearbooks.co.kr **전자우편** bear@bearbooks.co.kr
SNS Instagram@bearbooks_publishers

책임 편집 박혜진 **책임 디자인** 디자인서가
편집 우지영, 우진영, 이다정, 최아라, 김다예, 윤주영, 도아라, 홍은채 **디자인** 김지은, 김은지
마케팅 정승호, 배현석, 김선아, 이서윤, 백경희 **경영관리** 고성림, 이민종 **저작권** 민유리
협력업체 이피에스, 두성피앤엘, 월드페이퍼, 원방드라이보드, 해인문화사, 으뜸래핑, 도서유통 천리마